Crónica del decimotercero

Rogelio Saunders
Crónica del decimotercero

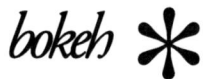

© Rogelio Saunders, 2016
© Fotografía de cubierta: W Pérez Cino, 2016
© Bokeh, 2016

ISBN 978-94-91515-37-8

Todos los derechos reservados. Cualquier forma de reproducción, distribución, comunicación pública o transformación de esta obra sólo puede ser realizada con la autorización de sus titulares, salvo excepción prevista por la ley.

El silencio se extendió como otra noche en la noche. O como la verdadera zona que la noche alzaba hasta lo familiar. Hacia un terror menos intenso y casi tranquilizador, en su furor comprimido y disperso. Terror comprimido y disperso (así, sin esperanza, dicho). Comprimido en las hojas, en la probable lluvia. Pisar fuerte y no prestar atención a ninguna otra cosa. Los focos reales del horror real, girando en un movimiento aparentemente errático, y quizá eludiendo lo único fundamental. Lo incontestablemente cierto y siempre nuevamente olvidado, en bien de una supuesta vida: puah. ¿Por qué no era realmente de noche? La ciudad como una imagen lenta; ajena. Una hoja o un rostro hundiéndose (yéndose) en el agua.

–Pura negligencia, Capitán.

Pedro de Narváez apartó una rama. Oyeron cigarras lejanas.

Aquí.

Se sentaron junto al fuego, que crepitaba.

–Buona notte –dijo el italiano.

¿Después?

Diario de navegación. Al poniente, los hijos de la luz han dejado algunas huellas. Sé que esto es un viaje sin regreso. Así cuando sólo se tienen indicios y esa poca luz (otra o la misma) es más que suficiente. El minoano levantó la mano contra un superior, con poco discernimiento. No hay mejor escarmiento que la soledad, ojo que se pierde entre las ramas.

Y sin embargo: no puede cambiarse un ojo por otro ojo.

¿Qué digo? O mejor dicho: ¿qué oigo?

Alguna desvaída Inés (la misma u otra) habría dejado un trozo de tela, profuso anuncio de nuevas misiones/visiones, en las que faltará el destacamento. Gran relato (o gran muerto o gran muerte. Siempre imposibilidad y muerte. «Yo os lo digo»). Alfonso de Orijuelos y, tal como se iba escribiendo, la selva. El farallón debía tragarse a unos, sepultar a otros y dejar intactos (pero como presos indefinidamente en la piedra y, asimismo, indefinidamente vivos) a otros. Era lo que podía llamarse propiamente la *función*.

De no existir el Filósofo, habría que inventarlo. Del mismo modo en que ha sido inventado el Filón. Por otro nombre: el Delirio.

Ya que (o porque), en el fondo, no había nada que desentrañar. La falsa maleza. El ruido casi acogedor, subdividiendo la distancia. El lento río siempre abierto por un rielar. El juego y el jugar (subdividiendo el rostro). El objeto desconocido ocupado por sombras transparentes. Fijo, en lo alto, el resplandor.

Volvió a oír la voz, rebotando como un fruto o como un golpe de machete: «Pura negligencia, Capitán».

La mente del Capitán (el sobrenombrado), como todas las mentes, sueña. Pero tiene sueños curiosos. Por ejemplo: una vez llegados los sobrevivientes al presunto objetivo de su viaje, constatarían que la meta no había sido nunca el apoderamiento de algo sino una especie de extenuación. Una, por así decirlo, desaceleración decisiva en pos de un decidido movimiento en sentido contrario, más allá de la arrogancia de lo trascendental. Una incalculable aminoración y arrasamiento, de donde resultarían esas sombras o sesgos, locuaces quizá como en un último pase de teatro: el flash suspendiendo a la máscara en la irrealidad abrumadora de lo rasamente real. En lo subrreal, donde la peor de las catástrofes era la disyunción misma entre el pensamiento y la catástrofe. La incapacidad del pensamiento para representar la catástrofe.

Así pues, era necesario hablar una vez más de representación, diría, atusándose el inexistente mostacho de benéfico seductor urveneciano (escójase entre las muchas venecias: histórica, romántica, trágica, folclórica, artística, turística…). Lleno de un furor nuevo, haría girar enérgicamente el astrolabio de imitación situado entre dos torvos estudiantes polvorientos, y exclamaría: «¡Esto es una investigación, carajo!». O algo por el estilo. Algo, por así decirlo, «de época».

Así también la representación (si hubo un Filósofo, o lo habría).

En tanto Actor, eso: el estilo. O eso, pero en qué momento. No «qué sensación» sino «en qué momento».

Hay vía. Como respuesta excesiva que debía ser retirada de inmediato. Porque la vía, así, se convertía inmediatamente en conato de sombras, en rumor, como si al cortar una rama no solamente se cortase una rama, sino que se abriese una brecha en –sí: en el *ser*. Por decirlo de algún modo, ya que, ¿de qué *ser* hubiera podido hablarse? O como si hubiera dicho: No cesaré de ser el Capitán Pedro de Narváez. (Yo, Pedro de Narváez, por otro nombre la Máscara). Y en florido estilo: «¿Quién podría venirme con cuentos a mí?».

Temblaba de fiebre y el que fungía de enfermero lo miró.

–Debería estar acostado –dijo.

–Pero si no siento nada.

El otro sonrió (¿por qué sonrió?): «Acuéstese».

Quién eres. Desde luego, soy la muerte, Pedro.

Inverosímil del todo, esta selva. Como director de escena, también entonces tenía deseos y, más aún, ansiedades. Era lo que odiaba sobre todo el silencioso Indio, insatisfecho quizá con su máscara. Previendo quizá que al final de las máscaras sucesivas nada se reflejaría en el espejo. O comprendiendo, con sabio humor pretérito, que ninguna máscara bastaba a ocultar (y menos aún a figurar) eso ¿salvaje? que retiraba el rostro ante el espejo como una lenta mano.

La lenta mano. De eso me acuerdo. He venido a vender lechuzas a Atenas. (Dijo que, en lugar de lechuzas, hubiera debido escribir *búhos*. Y, en cualquier caso, eran búhos los que volaban en la extraña claridad que fulguraba en la noche más negra. O en aquella, la más negra noche.)

The black bat night. Blacker than any bat.

This is the winter of our discontent. Our discontent: ¿por qué diablos escribiría eso? Misterio que, de algún modo, nada tenía que ver con el teatro. Pero, observó el enano bajo el toldo lleno de ralladuras, si crees que esto es una representación, estás metido en un buen lío, muchacho. A la inglesa, el botellazo resonó sobre la cabeza apenas sorprendida y el interfecto se derrumbó, aquejado por una pasividad súbita. ¿Cuántas veces he dicho que no quiero enanos en el destacamento? Traen mala suerte.

Al contrario, dijo el negro empecinado. Son de buenísima suerte. Si estoy vivo, es por ellos. Lo digo yo, si estoy vivo. Estoy vivo si. El futuro sí que es un misterio, aunque, de algún modo, menor, comparado con lo que ya sabemos que no podremos alcanzar. Esa distancia, más poderosa que el deseo. Esa abertura abismal, que tira de nuestros zapatos de un modo irresistible. Al reír (parado en el centro de no se sabía dónde, tuvo la impresión —y mejor aún: los otros, invisibles o no, también la tuvieron— de sentirse inspirado), lo vio todo tan claro que supo que tenía que ser la última (o única) vez. Todo lo que no tocaría su mano. Todo el no de una sola vez, en la mano que chorreaba sudor bajo la luz implacable.

Una lluvia que cae sin fin durante años. Ese infinito acaecer, fino, pleno, sin enfermedad ni pathos. Esa normalidad inabarcable sólo comparable a la sonrisa viva que sólo se ve una vez porque se le mira una vez, no dos. Alumbrando la noche con su vasto sonido, en plena ocurrencia. Muchas noches y muchos días, m'hijo, suspiró. ¿Qué hijo? Si volvía, nadie lo estaría esperando. A donde, de cualquier modo, nunca había pensado volver. O podía también haberse hablado, clínicamente, de sueños colectivos. Puesto que se sabía que no se iba a ninguna parte, tampoco se esperaba llegar a ninguna parte, y eso era aún mejor que el todo. Navegación de lo inconcluso en lo inconcluso. Quería regresar a lo real. El infinito regreso a lo real: regresus ad infinitum. Ya lo sé, dijo el Filósofo, siempre creado de nuevo desde la nada, como la nada-mundo. Como el mundo: nada.

—Esto es nada —dijo el minoano, lleno de oscuridad mucilaginosa.

En efecto: era nada. Como todos los grandes espacios, dependía de algo esencial: el olvido. Finalmente (¿había un final?), todo tenía que ver con la caída libre. Definitivamente, no volveremos. Le hizo una señal. «Aún velo», murmuró, «cada vez más lejos del navío. Si no lo sabes, peor para ti, que funges quizá aquí como Adelantado. Cuanto antes lo sepas, mejor». Pedro (o piedra), cuanto antes lo sepas, mejor. Siempre la apariencia de la vía, o del camino. Si había vía (o camino). Doblando o indeciso en el camino sin fin o los muchos caminos (muchas noches y muchos días, m'hijo), a través de ciudades imaginarias, de vastos campos apenas entrevistos, de montañas cuya cima resultaba imposible de columbrar, bajo el sol, bajo la lluvia, insultado por la intemperie, temido por la fiera huidiza, convertido en un animal desapacible, hijo no reclamado por nada, irreconocible para sí mismo allí precisamente donde era en todo semejante a sí mismo, sin otro orgullo que un sol más, una noche más, otro insospechado puñado de arena. Los centinelas absortos dentro del hielo debían haber sido advertencia suficiente para la generaciones futuras, allí donde las hubo (y si las hubo, hubiera). Miró su piel oscura y escuchó el graznar violento (o quizá sólo enfático) de los cuervos. «Una noche más, «Adelantado»», oyó que decía la voz, siempre desde una insoslayable lejanía.

—Debemos caer —afirmó, rotundo.

Porque, si lo dijese, no me creerías. (¿Porque, si lo dijese, nadie me creería?).

—¿Sabía usted, mi querido Eugenio, que se mueve sobre una cuerda floja?

—No sólo lo sé, sino que lo reconozco cada vez como algo nuevo, inédito.

—¿Todo acaecer, se refiere?

—Modifica. O, si se escucha bien, inmodifica.

—He ahí el peligro oculto en toda tonadilla, ¿no oye? El organillero dice algo. Y la paloma, mirando con su ojo negro inquieto.

—Bah —alzó el vaso contra la luz. Vio el centelleo de la flecha—. Claridad. Mañana, a esta ahora. O luego, pero siempre a esta hora.

Necesitaba ser nuevo, único. Quería escribir sobre lo que veía. Pero, sencillamente, no hubo tiempo. Si se quiere, era algo equitativo. Exacto por defecto. No había nadie allí.

Más que mujeres y hombres del teatro (quizá no haya nada tan absurdo), somos figuras o sombras del teatro.

—¿No habrá pues lugar donde podamos descansar sobre la tierra?

—El problema no es que no haya lugar sobre la tierra donde podamos descansar. El problema es comprender que no hay lugar sobre la tierra donde podamos descansar.

—¿Es, pues, el teatro del fin del mundo?

—O: el fin del teatro del mundo.

—O: el fin del teatro del fin.

—O simplemente: el fin.

—Pero: infinitamente.

—Sí: el infinito «en fin».

—Ese sonreír: eso. Ja ja. Camino abajo, como grandes piedras. Rodando y saltando camino abajo como grandes piedras.

—¡Pum! ¡Pum! ¡Pum!

—Gran diálogo de marionetas. Gran diálogo de espejos. Gran estruendo.

—Quitado el espejo, W, aún gira el marco, absorto en su repentina hipótesis de bisagra. Eso quería decir: todo es hipótesis, todo es espacio. Sí desinente y negativo. Cuántas veces quieres que lo repita.
—Mueva esa pieza, Capitán. Tengo un buen presentimiento. He soñado con vastas masas de agua. Con paredes de piedra, espesas como nunca hemos visto. Seguramente es el fin del otoño. Sí sí. Ya sé que no quiere oír hablar de Velázquez.

Educadas en la veneración al falo, su pelo de cáñamo oscuro se curvaba rebelde contra las mejillas llenas de una ansiedad olivácea, en medio de un jadeo perruno. Eran bellas y jóvenes. Con cuerpos oscuros como cantos de cigarra. La boca de pez se dilataba con asombro mudo, buscando expresar u oír la angustia del dios ciego, ajeno por igual a animales y dioses. Ninguna de nosotras hubiera podido decir: eso soy yo. La solución radical hubiera sido pasar a los enanos por el filo del machete. La mano se aplastó contra la cabeza ida como una presa de torno. Puede usted ver que ninguna de estas cosas (la cabeza, la mano, el falo, el pelo, los ojos, el improbable muñecón, etc.) coincide. Más aún: observará, sin que le quepa la menor duda, que en ello no hay el menor significado. No sé si es eso lo que usted llama la cosa pura. Porque, en cualquier caso, aquí no hay ninguna *cosa*.

La vulgaridad, así venida a primer plano por un fortuito allegamiento de encaladura y esquina de triángulo o vuelta de esquina, adquiere proporciones mundiales (el tamaño del mundo por fin es ése). Ah: cómo envidio a los gatos.

Como el falo de Osiris, cortado en milimétricas y sospechosas porciones. Como la boca de Osiris, atragantándose con el limo del que después emergerían pequeñas bestiolas, como artefactos de partes móviles y nada divertidos. Como los pies de Osiris, levantando el polvo en la larga calle del mercado (vacía, llena de la transparencia del viento). Osiris con su máscara de hombre dormido, revelando el contrafuelle debajo del loco abejeo de sustancias y rostros y monedas, pegados como pieles de cebolla en el remolino rasador, ya siempre ahí, repentina risa. «No sé –dijo– si aún recordarás algo, deslumbrado por el azul maravilloso y excluyente. En todo caso, no podemos prescindir de las incisiones. Aunque, si por lo menos cesase el dolor de cabeza. Si al menos hubiera noche. Pero...»

–Créame, mi querido Vadim Vadímovich: el futuro es algo más que el simple paso del tiempo. Más aún: no tiene relación alguna con el presente (y, para decirle la verdad, con ninguna otra cosa). Lo propio del futuro es la falta de semejanza.

–O sea, que ni siquiera damos vueltas en círculos.

Haré, pues, de Innominado. Papel que, si bien se mira, me estaba reservado desde el principio. No lo que no puede nombrarse (conclusión más bien banal, en vista de todo lo abismalmente no sucedido), sino lo que sencillamente no tiene nombre, subrepticio, hipotente y carencial.

Sí: debería haber noche, y día, y espacio. ¿Debería? Mi ojo querría decir: no nos engañemos. Más allá hay algo que se levanta en forma de barro presunto. ¿Tantos hombres, aún? A cada tanto la página, quizá. La lenta angustia como una vasta nube baja, cubriendo animales, naturaleza, hombres y cosas. El 27 de junio de 1679, la nao en absoluto espléndida es abandonada definitivamente, sin pensar en enterrarla con todos los honores. Espero que usted entienda lo que quiero decir debajo del espesor de la retórica. Aunque me temo que soy incapaz de comprender lo que veo y, más aún, a mí mismo viéndolo. Me siento como un cíclope que, al mismo tiempo, se moviera como un enano en un mundo de inimaginables dimensiones. En la tarde, recuerdo, el porche claro se iluminaba con el contrario exacto del alba: ese malva incomparable en el que todas las cosas se revelaban como sombras, incluida la gran cabeza de Amourouse, reclinada o lejana, muerta y viva. Y todo esto, lo sé, advino precisamente por la necesidad y el júbilo excesivo de la Explicación. No aspiro a que me crean, porque yo mismo dudo de si creerme. Ni siquiera sé qué es lo que debería ser creído. Por eso, como le digo, escribo con un ojo doble. Debería poder pensar, al menos. O detenerme. Y luego, al fin, quizá, la noche.

Qué gran representación, quería decir. Pero ¿qué era lo que le prensaba la boca, alargándola sin sonido hasta límites inconcebibles? Soy yo, mi querido Pedro, que todavía estoy retenido en lo familiar de la historia, el verdadero eternel retour. Sí: el círculo. El vasto movimiento creador de espacio de las cabezas me retiene. Y a ti conmigo. Nunca te dejaré escapar. Pigmalión, negro como la inexistente noche (y como el aún más inexistente color negro de la noche), volvió el espejo incorporándolo e incorporándose a él y a la noche. Nadó en esa vasta nadidad, en ese natalidad sin fin, pensando en el no adueñarse señalado por el trozo de tela incorpóreo (siempre adscribible a lo ancestral) que tan bien conocía, como el ciego conoce, inexplicablemente, el color. Un placer intenso obligó a la gorda culebra a enroscarse contra la acacia gibosa, arrastrando, espeso, un frotamiento de linfa y hoja. Pigmalión, al italiano: La noche no es lo contrario del día. Sin respuesta, en el cuaderno de navegación, por todos los días y noches reales (es decir: ficticios) que sin final nos darían una idea aproximada del final. Una catástrofe venida a menos, adecuada a nuestro olvido. Pero ahí estaba lo más doloroso. Oh.

—Soy uno solo —exclamó.

—Te equivocas: eres muchos. Y cuanto más solo te creas, más te subdividirás.

—¡Que venga el enano!

Arrastrándose, el minoano observó una escena extraña. O lenta. De un lado la lluvia, y del otro el fuego. Cuando llegasen a ese centro soñado, descubrirían que la banalidad consistía precisamente en la intensidad de la búsqueda, pues lo que había desaparecido era la plenitud dudosa de lo convencional (el mucílago-emblema, en una palabra). Por más que hablaban, no lograban gastar ese asombro hecho de pilas interminables de viejos periódicos, de letras y sombreros sin fin. La comunicación se había hecho tan apremiante como imposible. Lo que faltaba era que algo cesara de existir, y eso era la debilidad de lo imposible. La tenue línea divisoria que debía ser perentoriamente excluida del dibujo. No había camino, y había camino. O vía (o camino). No preguntes, alargando las sílabas: dónde estoy. Ambos sabemos dónde estamos. Y luego el gemido será sólo un sonido oblicuo a los demás y libre (liberado) de la determinación. Ya sé: la palabra te parece insuficiente. Pero esa insuficiencia es asombrosa. Esa incapacidad no tiene fin. *Quel abîme.* Si no es el vacío, la abrumadora presencia de los colores lo barrerá todo. ¿Deberíamos suprimir de una vez por todas el juego? Mis días y mis noches son una sola duda. Una duda y alegría y dolor salvajes, en la falla, color o vacío.

La intensidad del pensar que da lugar a la muerte del pensar. Muerte sin fin, sostenida por el temblor de lo imaginario, temblor real como pulso u onda, en la falla abierta por el Equívoco, desde el principio sin camino, sin vía. El estupor infinito que es el pensar. ¿Por qué te asombras de estar muerto? ¿Por qué te asombras de oír este «Soy yo, Pedro» que resuena en medio del vacío? Pigmalión trazó un vasto círculo y en seguida lo borró. Lo lúdico nos abre el espacio cuando ya no hay espacio. Nos abre el espacio y nos encierra en él, como en un vasto círculo risueño. ¿Qué círculo? Lianas, lianas, lianas. Un pico inconcluso de murciélago. Pico de serrucho, labio amoratado y nuevo del sexo usado y rehusado. Novedad del rehúso, que pasma con golpe pleno. Cuchillo milimétrico que taja las sombras, que subdivide los parapetos. Las grandes paredes de agua, las grandes frases putrefactas abandonadas como grandes artefactos o esqueletos de grandes carnívoros en el alto lecho seco, blanco, helado, interminable. La interminable soledad de la cabeza. La cabeza diminuta de la soledad, la vacua resonancia de la soledad dentro del infinitésimo e ilimitado horror diminuto de la cabeza, invisible como una punta de alfiler, tenue, dudosa, dolorosa, débil, devigorizante. La mano temblando en la ausencia de la mano. ¿Cómo hubiera podido representarse eso? No eso, sino *aquello*.

Un punto. Lejano cercano. Lente sin catalejo. Según vio escrito en los ojos del que nada decía, lo importante era equivocarse lo suficiente. Así en la selva como en la no selva, pálido disfraz. El movimiento nos pierde precisamente porque nos negamos a decir. Habito en mi cabeza como en un espacio cada vez más vasto, abigarrado y confuso. Y, a la vez, súbitamente vacío, habitado por la transparencia del viento. Era el viento huidizo que se filtra entre las tablas, entre las grietas o junturas de las piedras, entre el cuello raído y el cuello alquitranado, entre el cuello de la prostituta y el cuchillo negro del malón, con su torcido ojo de pájaro casi sagrado, entre la tangente que baja como un cuchillo y la esperma dormida en la mano agarrada al pretil, desligada del oído que hace ya mucho tiempo que dejó de oír el grito del dios. No contará, seguramente, el valeroso soldadito, que fui yo quien le seccionó el bálano con un mordisco certero. Sin culpa y sin culto. /Sonido de ramita que cae. Voces lejanas-cercanas. Sombras trasegando en la sombra. El goteo interminable de lo que no termina. Y yo, pálido, esperando una resonancia dispersa o aguda. «Sólo dios, ingeniero, sabe lo que pensaban encontrar ahí abajo (o ahí arriba). En parte, es confuso. En parte es transparente como el agua. Sí: precisamente, como el agua. Allí donde no hay ya ni siquiera sueño. No le diré dónde o cómo. Qué representación. He mentido siempre... O: «He mentido siempre», etc.». Giramos a babor, sin movernos un milímetro del sitio. No avanzaríamos nada ese día (esa noche). Ni al siguiente día (noche). Todo eso es más que sospechoso, susurró el alto con la frente surcada por gruesos pliegues y el pelo enhiesto como rayos de bicicleta. Estoy completamente loco, lo sé. Es un saber matemático, más allá de toda duda. Estoy loco, sin ninguna duda. A partir de ese punto, mi tranquilidad es inconmovible. Mis venas poseen una normalidad aplastante. Mis ojos han adquirido una esfericidad profunda (y, desde luego, ven doble). Estoy experimentando. Con qué o cómo no es lo importante. Vivo allí donde una frase nunca puede ser completada. Donde toda solución es, de antemano, imposible. Filum o falla que me interesaba, pero de pronto perdí todo interés en lo que decía. ¿A dónde nos llevaba eso? Corregir una vez más lo escrito, en la imposibilidad de abandonarlo. También el teatro era, como todas, una gran mentira. Al final la cabeza, calabacín dudoso, corría por el borde de aluminio hacia el ojo con el maquillaje corrido. Mira mis ojos, repitió. Algo insoportable de ver. Pero el horror era más sencillo de lo que imaginábamos, en la medida en que nada podía ya gravitar, ni se prestaba en absoluto al juego de la retórica. En cierto modo, el equívoco comenzaba con la misma denominación del mal. Era demasiado normal para ser el mal. Es decir: el mal no era la negación pura (y entonces deducible, operable, razonable). Era algo más crudo y al mismo tiempo menos susceptible de ser tomado en serio. De ahí la parálisis y la pasividad de los niños estupefactos. Quizá en alguna parte alguien había escrito: «Yo llegaré al final y encontraré la explicación de todo». Pero lo irónico era (¿no lo sabían, ellos?) que no había absolutamente nada que encontrar. Ni tierra, ni oro. Mientras se mordisqueaban unos a otros como peces demasiado felices (chapoleteando en el estupor de la sangre), otros peces más sórdidos y decisivos se arracimaban para devorarlos. La palabra devoración siempre había estado demasiado cerca de la palabra devoción. Esto, pues, había sido Pedro. Si oyes las campanadas lejanas-cercanas, da por descontado que su existencia ha sido siempre la de un puro eco (sólo para el ficticio oído). Como la de tu misma risa, llena de un aire no susceptible de interpretación. La atmósfera, pues, para mí, está llena de curvas invisibles, de sigmoideos trazos que son la huella perenne o también volátiles. Incomprensible, río. Incomprensible, ríe. Ríe, así, lo incomprensible. Todo texto. Todo modo.

La explicación a la que se refería significaba seguir sin fin esa onda o pulso y, en el fondo, ese no camino. Esa definitiva imposibilidad de todo camino. Un bregar sin fecha. Sin hechos. Un ininflexivo no. Negación infinitamente divergente. Seguir la sombra de la luz allí donde ninguna luz era posible. Sumergido en el miedo como en el agua más antigua. Tocó una pared. Tocó el silencio o el aire. El enano y su muslo sobresaltado, gordo, blanquecino, penduleó en el subterráneo presunto. Las cabezas que poblaban el polvo dijeron palabras hermosas y dejaron escuchar gritos. Al filo, significado o visión. Nunca una res continua. Mas tampoco un discontinuo. Seguir oyendo con los ojos abiertos el cloqueo sordo, la impensable comunicación-acercamiento del pozo y el péndulo. Tic tac tic tac tic tac. El ineludible final desprovisto de fin. El vacío del fin lleno de la transparencia del viento. Del fino viento que se desliza por entre las hendiduras invisibles de las piedras, por entre el hermético beso inciso de las tablas. Ver lo que está en el muro sordo, en la tapia ciega. El no camino interminable del fin. Miró, y el catalejo cayó con golpe sordo, ajeno. Dudo de todo, oyó. Y sobre todo, de esto mismo. Duda de todo, oyó. *Y sobre todo de esto mismo.* Oh pedro. Oyó su propio grito (pero no el grito de él, de pedro) perdiéndose en una especie de lejanía, como si una voz resonara en una cámara de eco. No: esto no era una representación. Y sin embargo: ¿cómo podía no serlo? Avanzábamos un paso, sólo para darnos cuenta de que era un nuevo equívoco (un nuevo episodio dentro de la equivocidad). De algún modo, se entreveía que lo fundamental era evitar el asombro de la muerte. Se alejó de los otros (marionetas o sombras), por entre lianas. El enano no dejó de señalar el cadáver hermoso. Hubo o no hubo conversaciones. Noche no hubo. Noche necesaria, interminable. Qué hacer sin la noche. Somos niños. Los pies dejaron de pesar. El cadáver hermoso. No era en nada exacto. Aunque en ello no había ningún horror. No más del que provocaría una vuelta a la vida. Eso me arrastra. Pero lo que le opongo no puede llamarse resistencia. Mire: la sombra llena de extenuación, su nostalgia infinita, conmovedora. Su beso doloroso más allá de todo dolor. Los picos sagrados saliendo de pies igualmente sagrados. La indetenible, espesa metamorfosis de las iguanas. El beso de la extenuación, el pálido sudor recorriendo la pared como el ojo de un prisionero. El gordo rió con risa continua, rítmica, desprovista de culpa. Risa desligada pero consustancial al sobrevuelo del periódico como un ala giratoria y al despreocupado golpe del talón. Van cayendo las cabezas, una detrás de otra. Hacia atrás, hacia los lados. Al final, es cosa inútil contar cabezas. Igualmente contar pies o dedos que se aferran o guiñan (o saludan, o trazan círculos). Ningún hombre merece su sueldo, por el simple hecho de que nada en él es susceptible de producir o de ser medido. Rió un poco para sí mismo, con risa de loco. La imprevisible Inés ya daba cuenta de un cabello con su gran boca de cuádruple hilera de dientes. Succionaba y desaparecía en la succión. Besaba y desaparecía en el beso. Abierta en el espesor sin límites de la compasión, su locura resonaba con el resplandor (la ajenidad sin culpa) del espacio, y sin duda era toda una lección. Su insistencia en el pretérito, su gran cuerpo invisible. El color huía, y el ojo resonaba. Pero no se crea, absurdamente, que el mundo es cosa de locos. (Entre otras cosas porque, de serlo, nunca lo sabríamos.) El ojo dilatado, entendido como una onda. Y el hecho de la no-locura es consustancial al hecho de no-poder-ir-nunca-demasiado-lejos. Por mucho brezal que se corte, aderezo de un ridículo ritual de violencia. «Dime, Pedro, ¿por qué le tienes miedo a la muerte?»

Nada que tuviera una semejanza sino este alejarse sin fin de toda semejanza. (Este beber en una divisoria ajena.) A lo largo del doble filo de la semejanza incesante, de la incesante confusión-desdoblamiento-forcejeo de bien-y-mal, único maestro de ceremonias.

–Dichoso usted, ingeniero, que tiene esperanza. Es un hombre feliz.

Por la frente feliz cruzó una sombra inquieta. Lo trágico, pensó, más allá de sí mismo, como vacío engendrador. Vio la cópula entre el vacío y el vacío. El surtidor o manantial absurdo del instante. El inconmenso lo aplastó sobre el verde feliz como una mancha de aceite vertical. En medio de su triunfo portentoso, el joven rey sintió un escalofrío. No es nada, sonrió el consejero más anciano. Es el contraluz, la doble luz de otoño, de filo infinitesimal. Y sin embargo… El anciano, dijo, más allá de sí mismo, soy yo. Las polvorientas figurillas se fueron en tropel. Cayeron y se dispersaron, más allá del tiempo, como por sobre el borde de una mesa cubierta por un tapiz. El sol se reflejó en la claraboya empañada. Los niños pasaron las manos planas sobre el cristal. Sonrieron. Rallaron. Rieron.

Al casi marcial sombrerazo feliz, el parpadeo del muelle iba devolviendo las aguas como un lento y aceitoso deslizarse ajeno de una mano sobre un cristal, borrando lo valioso como una película de polvo más. A veces oigo hablar de una muerte y no puedo menos que reírme. ¿Cree usted que estoy loco? En realidad, no sé qué decirle. Todo es demasiado inconexo. Sí: inconexo. O mejor dicho: tenebroso. Tenebræ. Una tenebrosidad indefinible lo desdibuja todo, convirtiéndolo en un ciego dibujo al carboncillo, donde los dedos avanzan bajo el terror constante de recibir un bastonazo. No sólo lo que oigo y dices, sino *todo* lo que nos rodea. Nuestro común aglutinamiento-alelamiento. No sé si estás loco, pero escucha. ¿No oyes?

Siempre, pues, hay algo. Y o bien se va inrrecta (y casi insurrecta) mente con ese algo, o bien… Pero, como digo, de todos modos lo peor es quedar en medio, entre un paso y otro, firmemente sostenido por lo ilógico, como los dedos lívidos aferrados a la baranda en el palco de las carreras. El nudo gordiano como respuesta a la soberbia de la madre, cuyo cadáver vestido de entrecocinados antruejos hace señas incomprensibles desde el borde inclinado y violento de la colina, bajo un paisaje vertiginoso de cabellos y dientes y uñas y ojos dispersados. Después de oír el risueño oleaje romper con ricarrisa de espuma de cerveza contra el rompeolas, el personaje oscuro dobla las rodillas como orejas de conejo, en estupor matemático, *y no volvió a hablar.*

Lo que llamamos eternidad es sólo una glosolexia que tiene la forma aproximada de un círculo. Tus deseos, pensamientos y palabras, tus esperanzas y tu gran tristeza (tus oh atardeceres y las altas cañas, llenas de sacrificadores al acecho) no te seguirán. «El peligroso reflujo, a babor». ¿Qué historias no hubiera podido contarnos el Capitán? Sigue, pues, ya que nada irá contigo. Hay muchas cosas que no vuelven con el reflujo, con el cenizoso oleaje. Así las caras, los sonidos. En cualquier caso, las máscaras. La relación especiosa entre los circunloquios y los introitos. La locura, entonces, tal como es. (As it is.) Por eso, dijo el italiano, reaparezco. La polea balanceándose arriba (o abajo, según la posición del ojo, relativa a sí misma) y la pluma garrapateando abajo, errática, casi soñadora en su tentativa de abismo (pie que tienta el abismo, pie tentando por el abismo, tentado-tentador, sombreado por el si). La locura entonces en tanto *eso que es*. Peligro a la vez en la belleza y en el sentimiento, pero en el sentimiento-y-la-emoción siempre, como el abismo ridículo que engorda la cabeza de crimen. Todo se hincha con diminuto tamaño, y la cabeza, llena de anaerobia térmica, estalla. El capitán pedro de narváez duda ante la tienda abierta. Apresurados/ / cálamos / / titilan. De escritura, no. ¿De sobrescritura? ¿En qué siglo estamos? Si miras hacia arriba, verás que eso es más grande. El muslo o la mancha. Sobre todo, cuidarse de Velázquez. Los perros fantasmales a la puerta del santuario, el fantasma del marino en el extremo opuesto de la gran canoa (a la gran canoa segregada de la palabra *canoa*, sympathos, abismo: esa sempiterna solidaridad con el abismo). Aquí está. O: *allí*. No uno, sino cientos y miles de enanos, eficaces transportadores de grandes cuerpos. El espacio de resonancia de la palabra, inaugurado sin más (como una puerta que se abre y que no se puede cerrar) por el asombro de la muerte. Asombro cuya equivalencia se ha perdido (inhallable, entre otras cosas, por imposible, o casi). Usted cree, ingeniero, que hablo de complejas materias epistemológicas. Nada tan alejado de mi espíritu. Ahora mismo no sé si considerar a la imagen como una posibilidad o como el problema. Querría considerarlas como garfios de alpinista (no de filibustero, lo que sería una estupidez), una apertura que da cauce, epojé del acto poético (del gesto), pero la imparable desaparición del ser no sólo borra las palabras sino que diluye a la misma boca afantasmando al indecidor frente al espejo. Ya todo es ese Ya eso es todo (o algo por el estilo). Suelto, y nunca tan prisionero. Prisionero de lo abierto, de lo infinito, del interminable desfile de la cabeza en libertad (absorta en la libertad de volver), y esperando, así, el ciclo (el inevitable ciclo), rozando la risa, lo jubiloso-horrible, como una cara hinchada dentro del agua, sin placer ni violencia. Somos los hombres y hablar es una libertad sin fin. Lo seremos, y siempre como resta. Más, para nosotros, será siempre menos. Qué futuro nos espera. Pero, digo, eso fue en el pasado. Ese hombre que se ve en el escalón no es el futuro, sino el pasado. Le digo que es así y que deje de observar y mire con atención. Esto es: no mire ya lo que ve: vaya a donde su mirar lo conduce.

Ya sé que nada de esto puede terminar. Quién habla y quién responde. Porque si bien es cierto que toda vida termina con la muerte, nada tan peligroso como el usufructo de ese límite, oh cabeza. Crees que no sabes de qué estoy hablando, pero te repito: eres tú quién habla. Sí: soy yo. Una vez más yo, el que boga. Creyó que lo había encontrado, pero era sólo el vaivén de la forma y la no-forma en tanto forma. Vaya cosa. Al fin y al cabo (de nuevo:

ahora), no había nada que encontrar. ¿O devolver? Todo punto, todo modo. Al fin: reír. Por una vez: reír. Perdido entre las hojas, oh Pedro, si la resonancia de esta historia. La sensación del viaje. La diferencia crea la ilusión de la sucesión, y la repetición crea la ilusión del sentido. De todos modos, al escribir, solamente hay límites, del mismo modo que la existencia consiste solamente en límites. Como te digo: crees que es abstracto, pero no lo es en absoluto. O mejor dicho, es lo que *ves*. En efecto: la locura. No algo contiguo, sino *lo que es*. Cada elección es elección de un límite que te separa de la locura y una ilusión a la que sólo la locura (en tanto límite) da sentido. Al acostarse, al levantarse, al andar, al sentarse. Límites. Lo sepamos o no, actuamos movidos por el terror. Pero espera. Eso no es todo. (O, volviendo a otro punto de nuestra discusión: eso fue lo que vio poe. Por eso era un *visionario*. Y te aseguro que un visionario de un tipo muy diferente a ton pere jules verne. Aquél era un visionario del abismo.) Fuera y dentro del paréntesis: la enfermedad-locura-muerte del Límite.

Siempre la forma y la no forma. La locura, así. Puede decirse: esto es la literatura tal como es. La poesía y la prosa, tal como es. El teatro, tal como es. La figura y la sombra, tal como es. Siempre la forma y la no forma, como la hormiga que anda por sobre el borde del moebium. Este espacio de resonancia que abro (que se abre), no soy yo quien lo habito. Yo no soy ese quién. Pero sí soy esa hormiga de gran cabeza roja. Aquí, en el sobresalto o brote, transparente. ¿Oyes? ¿Oímos? Finalmente: quién. ¿Quién dicta? ¿Quién oye? Las grandes máquinas vuelven, ligeras, hechas de dispersión: cuádruple hilera de dientes, muslo, inés, máscara, hoja. Las grandes y las pequeñas máquinas, reducibles al (y deducibles del) cálculo de tramoyas. El seguro y mordisqueador cálculo de lindes. Hacia aquí o hacia allá. Velando sobre lo catastrófico como sobre una producción especiosa. El movimiento justo, pues, iba en contra de toda frescura (de todo engañoso novum). Ya que el abismo estaba *aquí*. Tú Pedro, dijo la pequeña voz. La lenta y oscura marcha del agua inundando el vacío insondable de la frente, bajo la orden perentoria y tácita de *nunca mirar hacia atrás*. Súbitamente, descubre entonces que no tiene espalda (y, simultáneamente, descubre la falta absoluta de relación entre una frase y otra, lo infinito, lo abismante del hiatus). ¿Qué descubrió? Todos vuelven con las manos vacías. En esa tienda o caja donde debería haber una visión última, no hay nada. Lo corriente, lo abrumadoramente banal. Sin exageración: lo normal. (Pero lo normal, ¿no es una exageración?) Los cuerpos dispersos deslizándose en la selva como inoídas barcas. Las hojas deslizándose sobre las hojas. Los párpados deslizándose sobre los párpados. Los nuevamente niños mostraron las manos vacías. Sobre el escenario improvisatorio, insatisfacción con las máscaras. Ah: cuánto cansancio. El espejo está allí, pero ¿dónde estoy yo? Hemos pasado horas mirándonos el uno al otro aquí, en el fin del mundo. Separados y unidos por el polvo. Mancornados por la falta de solución. Por el desierto que recubre la existencia como una interminable capa de polvo, de sol y de consuetudinaria (ur(d)inaria) tragedia. Y ahora dime, de una vez por todas: ¿dónde estamos? ¿quiénes somos? Quisiera que hubieras visto la risa del africano. En el alba, en el gran amanecer que antecede al gran hastío, esa risa, esa no voz, esa incisión ingestual, íntima e intocable. ¿Y me preguntas, oh tú gran devorador de dulces delicadezas, por qué no vuelvo? No me pidas eso. Sería como pedirle a un dios que sacara un conejo de una chistera. No hay esos ojos y ese hombre. No hay esa cabeza. Y sin embargo: eso que no existe (ensombrerado por la cópula de vida-y-muerte) es todo cuanto existe. Tampoco hay ese africano, rió. Retrocedió, incapaz de tomar a nadie por loco. Los ojos frente a los azulejos: ¿por dónde seguir? La cabeza contemplando a la cabeza (ultima ratio). ¿Por dónde seguir? Cabeza oh cabeza. Cabeza-pies. Cabeza-vientre acalabazado. Cabeza-manojo. Cabeza-superficie plana, liviana elipsoide semejante a una risa.

Golpes de gran mandarria en ausencia de alguien. Cuerda pulsada. Pensamiento. Pasos y no pasos. Pasos que vuelven. Que se alejan. No pasos. Que no vuelven. Que no se alejan. Súbito agitarse de la cabeza del que no ha muerto aún. («pedro... oh.») Pálido estremecerse de lo que, muriendo, perdura. Muerte o imposible fin. Elección: oscurecimiento de la piel. La boca recorriendo lo oscuro. Succionando en lo oscuro, sin fin. Consciente sólo de lo oscuro. Vozarrón que habla sin voz, como en el puente de mando de una nao que cruza afantasmada el no-mar/no-cielo. Sin capitán. (*Por que no hay un capitán*.) Consciente, oh boca. Boca: oh. Boca-sexo al final o en sí sólo abertura. Sólo abismo y abandono. Eso: abandono. Abandono sin fin a la repetición sin fin. (Por abandono: malentendido sin fin.) Lo claro y lo oscuro: límites. Así, principio maquinal. El refugio del fin: en la máquina. La muerte nos devuelve, como un mar abismal (como el mar del abismo). Insaciados del círculo, del gran color. Un pensamiento agrandado por la ausencia de la noche. La noche que se tiende sobre la otra noche. Buscaré. Hablaré. No hay otra solución que lo rasamente real. Para volver consciente sólo del fin. Sólo de lo extraño e inexplicable que más vale lo hubiera ocupado todo de una vez, y llegado hubiéramos a esa no semejante claridad, quizá sólo fulgor (¿qué?). Pero sin decir: de una vez por todas. Iba hacia aquí, y en realidad iba hacia allá. Siempre vemos al que se va como el que se ha ido. En realidad, no seguimos el movimiento sino que lo creamos. El dolor es nuestro refugio. En cambio, el espejo...

    Ese movimiento, cada vez más imposible, de mirar hacia atrás, de volver la cabeza hacia atrás (el caballo que vuelve la cabeza con el ojo desbocado por el terror: no mirar hacia atrás). Ya imposible, cada vez más imposible. Una confusión. Todo. También lo del caballo. Dijo que el destino de vivir una sola vida era más grande, que «había más riesgo». Pero, ¿quién dijo? Ya te has perdido si buscas una ilación. Pero, ¿quién dijo? No insistas. Un gran canto, sólo que el cantor: ex ido. Debatiéndose entre los espejos, como una mano reptando dentro de la madera. «Aquí, Capitán. Lo hemos encontrado». Por fin, ya no sé lo que digo. Ni quién lo dijo. He ahí el final. A partir del final, dijo la polea. La campana de la hoja. El Filón o Delirio, para un supuesto orden que en ningún caso podía estar más allá de la locura. Ésa era la lección que faltaba por aprender (si faltaba). No es eso y sin embargo siempre tiene que ser eso. El Filón o el Delirio. Cien o doscientas páginas. Qué sé yo. Hasta el final del comienzo. Un diario por terminar, un diario sin terminar. Sido: siendo. Siendo: sido.

Nadie tan negro como tú, mi querido Pedro de Narváez. ¿Yo, negro? He visto, como el suscrito, los diversos espejos, y, perdido (durante incontables, infinitésimas décimas de segundo) en el placer de caer, rallo, punzo el retrocedido cartón, con párpados lluviosos. Y aquí todo es lluvia, verbo, selva. Sí: correas de transmisión (invisibles) y subsospechados artilugios. Necrocomicana, sustanciosa conduerma del retoricón.
—Sólo quería regresar –(dijo).
Pero usted no sabe que soy yo el que vivo aquí. ¿Dónde aquí? He ahí precisamente lo que estaba tratando de decirle, bajo el artificio de la noche como un hacha. Así también porque quería escapar siempre de la ficción y si usted quiere de la literatura. Al más vasto campo y el ojo abultado, impreciso. No lo guardó, dijo el enano, en pasado-presente. Plagiándose a sí mismo, como un fracasado filibustero. Es aquello, pues, que dícese de no tener nombre. La caída libre.
—Yo no losé.
—Es así como hay tantas piezas.
—Y noches noches noches.

—Y el fantasma de Turing.

Mire por encima del hombro y dígame que ve. Los escalones burilados por el paso del tiempo (y tan nuevos como ese lomo oscuro brillante). El rostro hecho de repeticiones. Es decir: nada. «Pedro: no». No hay otro Pigmalión que yo mismo. (O bien: no hay otro yo mismo que Pigmalión. Pero Pigmalión ha muerto, dijo Golomón.) Los infinitos del yo mismo. Lo desaparecido apareció. Aparecido-desaparecido por primera-única vez. En llegando, los casposos teloneros como atarvos jabatos rallorrisos en la criptografiada falda o farallón. Yo el último. El negro hideputa, sombrero en mano, y la blanca mano bajando por su pecho como un río. Ah Pigmalión: háblame. Te hablo. Como estás muerto, puedo hablarte mejor aun que cuando vivías la ficción de estar vivo (dejémoslo así). La noche, dijo, habráse desiempre abierto como un lago. Todo es desierto y noche. No has de tener ningún miedo de estar cuerdo, porque no lo estás. Y, en así siendo, todo en soliviantada dispersión da a la negación la negación: lo sólo irrisorio (el sí solo del incepto). Momento en que el teatro adviene en inmejorable colación. Pero, ¿por qué el teatro?, preguntamos perplejos, de un lado y otro del tablón historiado, como encentelleados ludiones. Nosotros mismos sí. El teatro. Preguntando. ¿Quién pregunta? O: ¿qué pregunta? «Oh». Un efecto. A callar.

Tampoco debes tener miedo del reflejo. Quien estaba diciendo todo esto, bajo el toldo. Justamente: el reflejo. Yo vuelvo a mí mismo, gran plagiario, y tú a ti mismo, mas sin posibilidad alguna de discernir, pues nos salen al paso grandes huecos dentro del gran hueco sin oquedad en el que ya siempre nos habíamos caí?. Uno primero y después todos los otros. Pero así sólo como el esquema de algo que podía haber sucedido. De modo que no me vengan con eso de que han encontrado algo. Las luces no me convencen. Las muecas no me convencen. Los gestos no me convencen. ¡Mucho menos la música! Solo, se adentró en la torre, descendió a la gruta.

Gran trujamán, hizo girar ceboso el tunning de la distopia. *En marche.*

    Siempre alguna Inés. Todos estos que arrastras (que se arrastran). Nosotros y ellos. Pero, si hay alguna épica, será la de las hormigas. En cuanto a ti, Pedro, compréndelo, yo te he inventado. Lo cual nos plantea de buenas a primeras un problema casi insoluble. (Dejémoslo así.) Oh entonces yo no soy pedro. Gran sonrisa del Indio arcoyflecha en mano. Carreras por el entablado. Carreras. Carreras. Más carreras. Movimiento (dolling) poblado-despojado. Niños subidos sobre el andamiaje cinematográfico roto. Inés la bella colgando de la cintura en el tosco aponteggiamento nodavinciano. Baja de una vez, niña. O: las niñas. La oscura mano color carne bajando por su pecho como un río. Todos queríamos únicamente volver a casa. Y así cada vez estábamos más lejos de volver a casa. Porque la noche era más profunda que el día. Porque en el día lo único que brillaba con incontenible furor era la más negra noche. El chacal fue tu amigo, porque no podía ser tu enemigo. Lo único que no deja de acompañarme es tu sonrisa. Un cuerpo apagado en que lo único que se extingue interminablemente sin llegar a extinguirse nunca es esa sonrisa inextinguible (más blanca que la mía). Blanca noche, te bebemos de noche. Signo cuyo único e insignificante sentido es la extenuación infinita. Que no significa ya, pues significa mucho. Los húmedos vampiros que pernoctan, sentados como hombres sobre las piedras. Hijos del sílex; de la hoja manchada. Los dientes, ya lo dijo, y la madre en la improvisoria pirámide. La falda de cuadros escoceses y nuevamente (vuelto) el ajedrez de la noche. La repetición, el reflejo. «El Capitán Pedro de Narváez duda ante la puerta abierta».

    –Yo también dudo. Dudo mucho.
    –Qué cansancio.

    El gran féretro como signo eminente de lo que *no está ahí*. El ojo acorralado por el ojo. Nunca pues el féretro como presencia de la muerte, sino sólo como símbolo del miedo. Oh cuán muerto estoy. Y sólo así, entonces, incapaz ya de hablar en tercera persona. Muerto así una vez devuelto a lo ficticio. No había sino la representación de la representación. No podía seguir, pero seguía –dijo por última vez. Una variación mínima, un: ah. La cabeza despiadada hablando desde lo alto de la gabardina. La gabardina infinitamente separada de la cabeza. El vaso infinitamente separado de una posible mano y más aún de un posible ojo. El vasto espacio circular segregado de la cabeza *y donde la cabeza no está*. Así pues, ¿qué cosa es una cabeza? La cabeza es lo que no está. Hijos de los hijos, hijos sin hijos, ojos sin ojos. Ojo vacío del ojo-cabeza. Seguir sin poder seguir y, en lo posible, no pensar en no poder decir, en no poder poder. Muchos días y muchas noches, m'hijo. El diálogo incesante como una forma de olvidar la terca intención de mantener a toda costa el equilibrio. Precisamente más allá de lo que no tiene importancia y de lo que demasiada tiene. En cierto modo, pues, la negación de Pedro. Negatio ad infinitum, oh pedro. Yo soy tu negación y tú eres la mía. Miró (miramos) en el mapa. En el sobrevuelo del mapa, todos los mapas nos pertenecen(ían). Las toscas resmas getales y el brazo hinchado in passant: brazo-ojo. Dígame una cifra, cualquiera, y ahí somos (estamos). El verso infinito conservando sólo lo infinito de la derrota (la caída libre). Mas no hay que esperar un eje nariz-boca. Ni una nariz. Ni una boca. Todo había huido antes del primer paso (el improbable). La bofetada que separa la mano de la mano, el ojo del ojo. Más violencia. Violencia de la noche, de la pérdida. Beso violento de la desaparición, fulgor caliente y geométrico del declive, del cálculo cóncavo. ¡Pues precisamente al calcular hizo su aparición el horror de lo que nunca estaría! Tiene toda la razón: no hay ánimo, no hay músculo. Sólo la blanda violencia, infinita y demencial, que derriba a los hombres como soldaditos. Pedro, tan negro como la noche, otea el filo de

la desaparición, aferrado a lo horrible como a una última posibilidad, recorriendo el perímetro de la ciudad de los muertos. Ayer o mañana, oigo que dice.
  –Mejor – murmura el minoano, con la mano levantada.
  –Signos, ¿más signos?
  –Abandoné el conocimiento y decidí pasar a otra cosa.
  –No lo llamaría usted lo crudo.
  –Ja ja.
  –La cubierta, Pedro. (O: *en la cubierta*).

  Insisto: no crea que hay hilación. O crea que hay hilación sólo como el desplazamiento de la hilación a una zona cada vez más periférica, a un deszonamiento (una desazón) cada vez más omnipresente, ojo-temblor inextenso y ubicuo. Eso somos. Volvió lentamente la cabeza sobre el hombro (dijo/ lo sé). Si pudiéramos decir: eso somos. Dudo mucho y dudo aún más cuando digo que dudo mucho. La mía es la decisión más indecisa. La representación y el teatro en sí se mueve como una lenta barca. El signo. Mas este bogar insigno no está ni en el cálculo ni en el signo. Insisto: no crea por una parte en lo que significa, y no crea por otra en que sólo significa. Tampc.

  Ojalá pudiera ser de ese negro que señorea en el coágulo de tu sueño, Pedro, dijo el negro, cabeza en mano (blanca cabeza rallada en negro, cabeza oh cabeza). Ojalá todo fuera tan simple, Pedro. Buenamente hubiera concluido todo de un modo concluyente hace ya mucho tiempo, Pedro (oh pedro gran cabeza de vaca). Cabeza pisoteada de los potreros, blanca con rallas negras, cabeza de latón, parladora-bailoteadora, tún tún tún. Y buena cabecita que era aquella, ¡si lo sabré yo! Gran pene rallador vencido por la matria inextensa, incomprendido para sí mismo, desde luego. La muerte, al contrario, era lo que quería decirle, nos salva. Dudo mucho que lo crea, pero lo importante es que lo sabe en el fondo de su gran cabeza hueca (de su corazón emblemático despojado de todo lo que no sea polvo, insignificancia, viento). Ese no poder tener, no poder acoger, no acabar de creer es el gran saber sin poder de lo muerto (lo murmuerto). No-o-sí. Si quiere hilación, préndase del hilo. Mas no dese, que conduce, sino desotro, inconducibile. Y, ya que no dice una cifra, continúo. Introito de vacas. Las cabezas de todas las bellas. Ola que sube. Ola que baja. Más cabezas. Más pasos. Más maderamen frente al ojo-polea. Yo entonces la bella. Yo entonces Inés. La rechinadora aprisionando entre sus muslos la gran cabeza de vaca. Grandes muslos blandos alelados por un delirio frío y púber, allende el origen. No hay obsesión como la del viaje. No hay ninguna obsesión que no sea la del viaje. Los diez mil coitos de la virgen rechinadora colgada en el remedo de tramoya, siendo, por una parte, que toda tramoya es remedo, y por otra, ella así intacta cada vez debido a su innota incapacidad de rechazar nada. Sólo déjame decirte que no estás solo, oyó la cabeza-calabazo de fiebre, incapaz de estar quieta. Tic tac tic tac. Yo soy la muerte, Pedro. Los espectadores huyen al contacto de la luz, fría como la blanca sonrisa de Inés, ilocalizable en el vasto espacio de pisoteadas cabezas. El sueño de las vacas con su ojo fijo, opuesto e imposible de desligar de la postal idílica del campo (idílica debido a la muerte de todo, que rebrilla). ¿Dónde está Inés? Inés, este emblema, dijo Pigmalión, o quizá sólo esta sonrisa, prometedora y, dada la vastedad de la promesa, no exenta de horror. (Al contrario, pero cuál horror.) Precisamente, es eso lo que medra al amparo de la sombra en el teatro o signo al que no nos podemos negar (que no podemos designificar así de buenas a primeras). De pared a pared. De una cabeza a otra. De los dedos extendidos de una mano a los de otra. Usted cree, digo, que es sólo mancilla. Pero le digo que la moral, sea lo que fuere, no viene a cuento. Lo verá en una pantalla o mil veces o en ninguna. No se trata de un ojo que mira. Sí de un ojo pero no mira. Ojo que a-siste. Todo será cada vez más vasto y urgente y seguirá sin comprender. Todo se vuelve de adentro hacia fuera y lo que se vuelve/disuelve es precisamente el significante significado. Vaya, ya lo dije. Pero no fui yo quien lo dijo: usted lo dijo. ¡Vaya si lo dijo! Arrinconado en el no sentido que sólo consiste en no comprender esta disolución del signosentido. Ni para bien ni para mal. Todo se vuelve de afuera hacia dentro. Oblea. La incapacidad de comprender que es la significación de lo que no necesita ser comprendido. Cerrazón de la frente en la ramazón ni cerrada ni abierta (allí donde la noche es un oh desinente, no soluble), con peligro del ojo, sí Pedro. Entierras una cuña y miras a los niños paralelizados en la pared (sombras de yeso), observándote incesantes. Los niños o un niño. El largo muro ciego que se confunde con el horizonte o que es el horizonte. Pero no he terminado todavía. Abierta al infinito. Insostenible ad infinitum. La.

No he terminado de hablar, digo. El mío, como todo diálogo, vuelto hacia el mañana. Ni comenzado, ni por comenzar. Dejémonos de ohes. Si hay alguna épica será la de las hormigas. Es convencional pero no lo es. Es rojo pero no lo es. Y así, dijo, todo vuelve a ser lo que antes era. Pero ¿cuándo antes? Y ¿quién lo dijo? Entre urano el mago y neptuno el místico. Difícil decirle a un músico (a un gran sordo) que la música no significa nada. Observation. Starvation. Puede escucharse música mientras se hace otras cosas. No así la lit. ¿La glo? La musica es laxant relaxant. Sí prolaxant. Temporum fine comoedia. Minoano todo orejas asomando de forma abrupta entre el ramaje. Y el ramaje mismo cocinado chamuscado. Las poleas y demás cosas oscilando entre la sombra y la luz. Las tablas habitadas por ruidos sin origen, por un pánico más antiguo que el origen. Amorosa Inés con el rostro embarrado de deseo. Pigmalión golomón observándolo todo con su gran ojo úrico. Alelamiento del coito (infinito, infinitesimal) que da a la sabiduría del espejo como una puerta abierta. ¿Hacia qué? Hacia ese qué de la nada. La poesía, digo a mi hierático y alto acompañante, son palabras mayores. Palabras mayores dichas con labios menores, río. ¿Acaso se ha vuelto loco? No: ¡pero es que usted no comprende nada! Lejano, digo: el brillo del espejo. En efecto: usted no comprende nada. Pero comprenda que ese no comprender es lo valioso. Ese abismo o apertura. Abertura de compás, de largas piernas como grandes tenazas o una gran sonrisa agria. Gran vuelo del holán entrecosido. Escritura del pensamiento. Pensamiento de la escritura. Der kreislauf der ewigen wiederkehr. ¡Ooooh!

¿Escuchó ese grito? Sí: prolongado, penetrante. Todavía por determinar a qué animal o cosa (o ninguno) pertenece. En medio de la noche plana como una superficie de dos dimensiones. Pero cuidado con lo plano y sobre todo cuidado con lo que sólo tiene dos dimensiones. Otra música y otros sueños. Porque, ¿no observó usted cómo todos los animales callaron, aterrorizados por ese grito? Qué grito. ¿Habrá relato? Como si sólo pudiera ser (o fingir ser) en esa retórica o relato. Pero el hambre, repentinamente, lo hizo cambiar todo. Se desritmó el ritmo. El piano obstinato asomó entre el ramaje de forma abrupta.

Habiendo tratado con locos sabía que un loco es un loco es un loco es un. ¡Denme más! ¡Más! Sí: el delirio. El sí como un infinito no. (Allí pues las filas de luces y en lo oscuro de la luz, el infinito.) Ya sabes: el infinito es un espejo. Sí: pero falta una cosa. Una polea y un espejo. Aquí mismo. Nunca saldremos de estas cuatro paredes, sábelo. O mejor: olvídalo. Quiero decir: si puedes. Perolvídalolvídalolvídalolvídalo. Pedroolvídalo. Pedro ol.

¡Cataplún!

—Dialoguemos dialoguemos.
—Es el saludo perenne de la nada. Todos los planetas de la nada.
—Ellos los ansiosos. No dudaron y tampoco pudieron ya recobrarse.
—Los aledaños de un paraíso sólo reservado a los muertos.
—En el cual nunca o los cuales. Al sentarse, todo se pierde.
—Ah –dijo.
—Sé lo que estás haciendo: saboreando la libertad.
—¿La por fin perdida?
—El violín persigue algo, pero algo lo persigue a él.
—En la belleza, toda muerte.
—: todo atroz Sí.

No volver atrás. No volver la vista atrás. Qué orden. Sordo (en lo sordo). Sordo, es decir muerto. Muerto (en lo muerto). Sordo. Tendrás hambre, sed, frío. Sobre todo este vacío. Esta sombra. Estos pasos de sombra en la sombra. Muchas noches y días, m'hijo. Porque ahora es así y después será de otro modo. O quizá nunca de otro modo pero siempre así. Mas no así aquí. Que somos y que tenemos que seguir siendo. O que, de plano, no somos. Así, no oímos. Sé lo que piensa: todo aquello le parecía más hermoso, más llevadero. Más digno incluso. Podría decirle: quédese allá. O, más humildemente: cómo voy a salir de este laberinto. Pero no es posible volver allá y es mejor sin duda que no haya forma alguna de volver allá. Porque por otra parte no hay forma alguna de no volver allá (siempre estamos tratando de volver allá), ya que lo propio de este morirvivir es precisamente la ink-sistencia, el vol-volver, íntimo sonsonete cantarín de lo infinitamente murmuerto.
¿Volver? ¿A dónde?
Así pues no oímos. Los caminos aún más lentos por los que me perdí, sordo en lo sordo. Siendo ayer, como caído tras el ayer, del

otro lado de un parapeto. Y qué parapeto. A plena luz, sin embargo. En el berglichtung (en el lichtungberg). En el agujero de la vuelta. O, si se quiere, en la gran vuelta del agujero. Del agujero que gira. Basta. Ya le dije que dos mil kilovatios no sólo no son suficientes: ¡ni siquiera alcanzan para empezar! La tersa máscara que guiña el ojo entre la fiebre tiene los rasgos o los unirrasgos del más formidable enano jamás entrevisto, un falócrata temible y sobre todo suelto, como un ojo que pasa de un agujero a otro, de una baldosa a otra, de una fibra muscular a otra, allende la vertical hacia la que todos los cuerpos fugan, en el spin único y doble de lo leído-escrito. Tampoco yo entiendo, digo, fingiéndome perplejo ante el revuelo de mapas y cabezas. Perdidos, perdidos.

Usted me concede esa pequeña conversación, y yo le dejo usar mi radio de galerna, con un alcance de dos mil kilómetros. Trato hecho. Que no pienso cumplir, susurro *sotto voce* a Pigmalión, y éste me replica con su mirada de muerto. (Muerta mirada del muerto, del otro lado del espejo: yo). Pensaba que debía sentir una respiración, pero los ríos invisibles son más importantes. Esperaremos esa fría transparencia. Tal vez ella pueda devolvernos el rostro (o inrostro) que nunca tuvimos. Pero, ¿y el hambre? Otro frío, no éste. Noeste, dijo rebotando la cabeza. Un cielo ábrase. Ya lo dije: el agujero. Y, en dentro, mírese. Ése, en libertad. Yo misma, dije. Tomé las riendas, el timón. De pared a pared. Del extremo de una cadera al otro. La madeja de lo horrible y los pies de incontables niños oscilando como bailarinas diminutas en el ritardando del glockenspiel. Cabeceando como pequeñas olas. Siéntate ahí, dije. Quieta, niña –oí.

–¿Dónde?

La mano señal: arriba, abajo, arriba, abajo. Todos estamos perdidos pero de ello aún algo se podrá extraer. Un: ah. El blanco y el negro de las frutas en el extinguirse infinitesimal. Pues todo, dijo Pigmalión junto a mi oído caliente, conduce o remite y no se está quieto. Ese pasar sin paso nos habla de lo ilusorio de toda ontología, por no hablar de un saber. Qué saber, mi querido Vadim Vadímovich. O: qué variedad. Ah: nuevo calor. Los lechos secos de las venas asperjados por unas gotas de vino. La tenebrosa cabecita barruntando el aleteo del polvo desde lo profundo del lacónico infinito, sin muerte ni vida. Una pequeña oscilación, madre de todos los saltos de agua. La nao bogó suelta. Refluyó el impulso. Sólo lo muerto, asentimos, inclinados sobre el mapa con los ojos muertos de las nutrias entrecosidas en los fiordos, unidos a ellas en un movimiento teatral de flujo y reflujo: arriba, abajo, arriba, abajo. Y ahí hubiera acabado todo, salvo que no había más remedio que insistir, sin que fuera en absoluto necesario susurrar, allende todo texto, este texto o cita textual: «Que sea lo que dios quiera».

Mi sexo estaba a la altura de su rostro. Soy la mujer más hermosa que has visto –dije. Eres la mujer más hermosa que he visto –dijo.

¡Capitán! Único o remedo-tramoya de los antiguos capitanes. Solo y allí era la noche el texto que no había que descifrar, sino el todo y hacerse cargo de una vez por todas de todo. Inexígeno, inextenso, sin profundidad. Texto-tramoya. El silencio extendiéndose como otra noche en la noche. Como la.

Sin profundidad. Sin obscuridad.

Rostridad del sexo que muequea y repiquetea en la noche como una boca de anciano. Como una noche extendida sobre la otra noche. Único texto. Única noche. Único frío, único miedo. Muchos días y muchas noches, m'hijo. La despedida beethovenial. Lo insuficiente de todo ello y la insatisfacción perpetua, más allá de beethoven. Se suponía que debía haber alguna imagen pero no la había. No había forma de sostenerse y el sinsentido resultaba demasiado claro. No había nada visual, ninguna mano alzada. La mueca de una antigua alegría en dispersión (todas las muecas, todos los muertos). Precisamente lo que no acababa de morir, tintineando en cada hoja.

Sólo el alcohólico abrupto conoce esta profunda noche del mundo. El púber gigantoma de grandes muslos fríos no la conoce. O la conoce sólo como una abismal ignorancia reidora que hunde la boca con un gluglú dichoso en el oleaje de estopa, embadurnada de hilaza y entrecosida para siempre en los fiordos de luz amarilla, vuelta como un mofletudo eolo hacia los pájaros de estambre. Aquí, dije, hunde el compás aquí. Deja tranquila a la grúa y sobre todo no sigas molestando a los enanos. A los sordos bustrófedos desprovistos de anillos que bajan en tropel.

El abrupto rostro incongénito e incongenial asomando entre los muslos absortos, alelados por un frío más profundo que el de todos los hielos y las criptas. El frío de la sorda cabeza en progresiva reductio. Diminuta cabeza fría tallada por dentro y por fuera por un fuego absoluto de duración indeterminada. Fría cabecita chamuscada y bruñida riendo desapareciendo. Negra cabecita quemada hasta el blanco reduciéndose de forma proporcionada e infinitesimal. Cabeza del holocausto cada vez más pequeñita e insoluble. Cada vez más reducida y sonriente. Qué cosa es una cabeza. O bien: «Caramba, qué cabeza la mía». Cabecita cabecita. Riendo desapareciendo. Desapareciendo riendo.

Una boya en lontananza. En el mar o lago.

—No quiero ni imaginar —dice el minoano— lo que hacía el preste Vivaldi rodeado de tantas sores bellas.

—Calla, bergante, y no apartes tu hipertrofiado ojo del catalejo. Yo soy la muerte, Pedro.

Pedro de Narváez, muerto (o: un muerto más), oye la fea risa de las gaviotas crepitar sobre las ramas bajas que nombra instantáneamente como en un sueño: uvas caletas. ¿Dónde era aquello? Mozart, un niño con fiebre, se inclina con ojos redondos sobre el mapa de hielo, y anota (ralla, de un trazo, como yo estoy rallando ahora, en lo inextenso e inexígeno del ahora) la sinfonía número cuarenta.

Yo soy la muerte, Pedro.

En el fondo del catalejo el hueco entre las hojas, dividido en cielo y mar, como un continuo de dos dimensiones. Lo llamado «Inés» es una serie de rayas o franjas que ondulan cada vez más (fiordos cada vez más finos), ola o espejo, espejo u ola, ola y. La mano-señal oscilando inaugura (oscila como si inaugurara, pero sin augurio, sola en el mar inextenso, como una risa nacida del amarillo) la función continua de los titiriteros ante la multitud afiebrada de insectos que miran con ojos redondos. Todos los muertos, como salidos de la misma inconsciencia de la tramoya, vuelven a la vida. Se oye a los yertos maniquíes con sus equívocas risotadas. Y el corretear como de niños. (Cuerpos veloces y vacíos; pequeños cuerpos sin ojos pisoteando la tierra amarilla.) Todo es viejo aquí –digo– viendo que las tablas crujen.

Así es. Así es.

Negra cabecita del holocausto. Toda sonrisa sin ojos.

Son –digo– otros caminos en los que usted ni yo mismo puedo seguirme. ¿Reconoce este sol? Es la presencia del fuego que nunca se apaga.

Las salinas, los ajetreados puertos como obsesión. Siempre a punto de reír, desde la mano-prisión-ojo. Bosques, siempre bosques. Y quien dice bosque, dice mucho, como en los macizos profundos de alemania. Dijo: vengo de allí. Y yo le pregunté: de dónde. Pero era como si esta pregunta de ahora no tuviera sentido o no lo tuviera lo otro. Lo cual resumíase con otra frase: «Nadie sabe de dónde venía Hans». Y ese «venir de allí» no podía ser otro que el mismo. El frisón de los gordos ensabanamientos verdes, entre lo incomprensible y lo incomprensible. Qué recuerdo. Declarando que resultaría imposible toda aclaración. Una cada vez más irresoluble desinencia, entre colores desprovistos súbitamente de color. El sí abierto sin fin e incapacitado de afirmar. El entusiasmo como una instancia de un plano de dos dimensiones y la hormiga que lo recorre de parte a parte a modo de un hilo. La máscara «inés», la máscara «pedro de narváez», la máscaras «pigmalión», «golomón», «indio», «yo», «minoano»… –dijo. Y el teatro máscara del silencio. Sueltos como hilos de niebla. No el fuego que nace sino el que se apaga.

Dime: ¿qué ves? Un puente, un gran puente. Instancias de agua y oscuridad. Seguiré como un niño al que se le ha hecho demasiado tarde. Ojo: ¿qué ves? Nada, Capitán. Estamos tan perdidos (o inencontrados) como siempre. ¡Ooooh! Es como un sueño y no era eso lo que quería contar. Esos diarios perdidos (toda esa perdición) es lo que me interesa: no ningún cuento. Gamberros nocturnos han destruido todas las señales en el caminito de los hermanos grimm. Eso: habladores y desconocidos pájaros llenos de sentido, gritando y graznado sin fin: hoja, cielo, polis. ¿Entonces es cierto que cree que todo tiene sentido? Desgraciadamente, sí (¡incluso la música tiene sentido!). Como esos pájaros que hacen eco sin fin en el aguachiento fondo del ojo, vuelto de revés. ¡Pájaros! ¡Pájaros! Cuando un hombre mira a una mujer, ésta pierde el equilibrio. En ese caso desde luego no se estará refiriendo usted a Inés. ¿A Inés? Ja ja. Una gran pérdida de equilibrio, dice Inés, mano en la nuca, nuca en el suelo, nuca en la nuca. Ja ja. ¡Esta Inés! Volaverunt. El tropel de agujeros y el retroceso del mar. La cesura del ceso. El todo como la gran cesantía. Esas sábanas verdes si entrecosidas (entrecocinadas) con retazos. Gran discurso-recurso del retazo, en el que todos estamos entrecosirretrazados. La casucha del maldecidor maldito enhiesta como el unirrostro enfogarado de vincent van gogh. Al norte, el hacha del sol. De un momento a otro recordaremos por qué diablos fue que volvimos aquí. Mirando con tu ojo redondo y alargado como un catalejo dices que te parece haber leído ya en otra parte lo que estás leyendo ahora aquí. Momento en que Pigmalión, tomando la palabra, quita con un golpe de pluma todos los ceremoniosos «usted». Si hubiera quien rallase y quien oyese, eso que acabas de decir sería algo más que un puro bisbitubeo sorbitonante.

Mas mucho me temo que si todo hacia su salvación se encamina será hacia ese sentido pleno o golpe pleno o golpe de aire pleno de los desconocidos y habladores pájaros llenos de sentido a causa de los cuales el mundo está siempre a punto de reír o de estallar. Cuando entonces el ojo abrupto liberado de la máscara –ojo-polio que clinamea– in absintia oh poliojo
    cruza el prado verde
    impulsado por un tarta-mudeo azul
    los cuervos se quejan al sol
    él (el no él)
    busca en el no busca siempre en el no
    ella (preguntando) qué nos espera en los próximos años. The dreadful path to death. (O algo por el estilo.) El viejo ( )Alter sí mi tocayo. Entre las hojas. He dado una vuelta de campana y heme aquí. ¿Quién? ¿Ella? ¿Quién? Aquí nadie es quién. Todos ese ninguno. El rosignol del enano que caminaba bajo los techos, sin sonreír. Él me lo di(j)o. Ji-Oh. El ayer. El ayer. (El hoy.) Los bajamontes cerrados allende los cuales señeras vacas miran con un solo ojo. Ojo redondo vertical. Como tú. Música del silencio. Im der nacht des stille. El gesto que saja en el tiempo. La mano: la isomurga que. Ja ja. Como si nosotros los muertos despertáramos.
    Saludaron en lo alto del camino. Now you are old but how many crimes have you commited when you were young. I don't know! El decimotercero avanzó como una mano que repta bajo un gobelino. Así fue. El abejeo en el lago en el no einsteiniano effondrement-miroitement infinitesimal del tiempo en los tiempos, l'escritura en escrituras, el desierto en *las arenas*.
    Comme je t'appelle comme je t'appelle.
    El terrible camino hacia la muerte está hecho de vibratorias obleas y muchas muchas risas. Risas risas risas.
    Quién se llama pedro pietro stein.

Las máscaras que me acompañarán en la muerte, así como me acompañaron en la vida. Nadie quiere morir pero alguien tiene que morir (yo mismo todos nosotros). Las sombras que me acompañaron en la vida, así como me acompañarán en la muerte. Dentro de veinte años todo habrá terminado, dijo. Veinte años es demasiado tiempo. El profeta dormido. Mire todas esas máscaras y dígame si no tengo razón en decir lo que digo. Nuevas caras entre el follaje. Caras y múltiples soles. Muchas más cuerdas de las que es posible acoplar a las correspondientes poleas. Hablas desde la humedad, la soledad, la oscuridad, el frío: clap clap clap clap. Carte y descarte de la baraja. El viejo gnomo blanco de rostro de moneda con un martillo en la mano. Cállense, no consigo oír nada. ¿Qué pretendía el anciano mago viniendo aquí, con grandes pasos de morsa, slaap slaap slaap, aquí no hay nada, allá tampoco. Nada excepto nosotros que somos nada y estamos destinados a convertirnos en nada. Una nada riendo dentro de otra nada. Al final, dejaré el martillo sobre la mesa, la cabeza sobre la mesa, la mesa sobre la mesa. Así dijo. Sus ojos cada vez más grandes, sólo superados por su boca cada vez más grande. Oh madre dónde estamos. Los ojos cada vez más grandes, sólo superados por la boca cada vez más grande. La cognizione del dolore. Asomó la cabeza y oyó las voces, como humo. Quería ins-cribirlo, pero no podía. La risa no lo dejaba. A menos que fueran los sueños. El calor. La gran calcinación. Y las voces (los cientos de miles, los millones) como humo. Quería volver, recordarlo todo, pero no podía. Durante horas y horas sólo podía mirar por ese visillo. Pero cuando digo visillo quiero decir una rendija de 1x3 centímetros. De modo que sólo podía mirar a través cada vez con un solo ojo. Un solo ojo cada vez, encarnizado y sucesivo. Pero no sucesivo: cada vez el mismo ojo ensartado en otro ojo: ojo redondo en ojo redondo. Cada vez más furioso, oh poliojo. Ojo que ya no quería ser la mitad de la visión, sino la visión toda. Guerra del ojo resuelta en circularidad candente. Ojo ni abierto ni cerrado. Ojo perpetuo sin paisaje. Así la cabeza, el ojo. El ojo etcétera oh poliojo. ¿Otra vez con la historia del visillo? Que venga el enano. Por lo visto, el teatro continua. Lo continuo continúa. Ah. Despierto o dormido. Alejado y más cerca que nunca de toda vida. Visto y comprendido siempre todo como algo banal. Así el arte no como arte. La muerte no como muerte. La cabeza colgando del labio con sal. El ojo colgando del párpado. Sin ojo ni párpado. El rostro colgando de la pared, allende la calva cabeza donde medra un único pelo curvo como una uña. Mañana, cuando vengan los inspirados coleópteros de caparazón rallado, el profeta, disuelto en su ronco sueño de papel de aluminio, exultará el silabón redondo y caerán las polimorfas estatuas que hasta aquí se habían mantenido en hipnótico y pluscuamperfecto equilibrio. Usted me habla de mapas y yo le hablo de una oreja sin expectativas. El desideratum de igitur. Que ya no haya que comenzar ni que terminar. ¿De qué habla? De qué hablo de qué hablo.

Oooo....

El continuum del quantum.

Una superficie de dos dimensiones no como una hoja de papel. Dormido, sigue hablando. Pero no es al dato a lo que apunta sino a aquí.

Aquí.

El dedo: aquí.

No es el dedo ja ja.

Aquí.

El gesto es gesto en el agua y el agua misma es el gesto. Gesto en el gesto ni aparecido ni por aparecer. Punto muerto. Hoja en la hoja. Gesto que gesta. No comenzar ni terminar, pues nada comienza ni termina. Dijo, quiso decir.

El sufrimiento humano, dijo. Es como un fuego que no se apaga. No tiene principio ni fin. En cambio esto sí lo tiene. ¿El qué? Esa planta de ahí arriba no tiene ninguna oportunidad. ¿Hablamos de lo mismo? Usted espera que haya en ello algo verdadero, y se equivoca. Es mejor entonces –dijo– que no sea nada. Eso lo dirá otro. Todo parece normal pero nada lo es. ¿Todo parece normal? Es una fuga, como una cornisa. Un diálogo pero no hay ningún diálogo. Un blues pero no hay ningún blues. Gente y calles sin consistencia como un hombre muerto incapaz de olvidar. O, si vamos a eso, incapaz de dejar caer la pluma. Y ahí es donde se produce el encuentro ¿fatal? con el ojo. El tro-piezo. [O el des-piezo.] El bamboleo continuo de ola y ola. Imposible dar cuenta de ello. Así entonces el sufrimiento, dijo. Y luego la canción de lo imposible. El borde del ojo ha perdido de vista al borde del ojo. Locura, sufrimiento. Qué más da. Ah: apartas el ojo del aleteo furioso de la gaviota, hoja de uva caleta.

¡Pensaba que debía haber algo verdadero!

> In a soulful mood

thoghtful   th   oug   ht   f   l

No es verdadero ni falso –¡ !– sino atento y sin posibilidad de escapar. Tú te repites sin ninguna vergüenza pigmalión –¡qué!– y no puedes sino repetirte. El gobelino entre dos estacas. El enano también entre dos estacas. La letra destacándose sobre todo y no el abismo sino el tropiezo de la palabra, como en una carrera de obstáculos. No vio que el viaje no transcurría entre luces y no había ninguna densidad. Ninguna dimensión. Ningún día o noche. Ninguna bienhechora ramazón o demonio. Ninguna oscuridad o cenit. Careciendo de todo, no era posible un grito. Nuevas estacas. Nuevos bastoncillos. Ni desde el ojo ni desde detrás del ojo. Simplemente tampoco era posible un ojo. Así se dio cuenta más tarde de aquello que de ningún modo podía haber visto, señalado, comprendido, etc. etc. etc. No dijo: continúa. Tampoco retrocedió. Eh capitán. La máscara en forma de miriñaque rebotó con aleteo furioso en lo alto de la frente. Sonda, estaca, hilo rojo en el artificio de la eslora. Dijo claramente: usted no lo sabrá nunca. Que no sabré qué. La mano pequeña manojeó en una rama de plátano. Oyó la cinta del río. Oyó los fiordos de plástico. Allá, dijo. Siempre había un allá como un eco, borrando el conato de literatura. El ojo manojeó. Ojeabundo, dijo el pensamiento es el que lo detiene todo. Oqué. La sonrisa también se detuvo, continuando abierta sin fin como una duda o toda. Los balcones oscilando, las cabezas deslizándose por la cuerda gruesa entre dos toboganes. La relojería continua detrás de todo afán, mejilla u ojo. Tic tac o perennum. Tic tac tic tac tic tac. Las redes de la cazadora de mariposas que entra por el foro, inerme, adelantando el muslo vulvoneano, isquio fungoso violado en frío.

Vio la cabeza de niña (con el pelo en garabato) en el agua-espejo. Era el final y no el viaje lo que abría esa brecha, imposible de cerrar, siempre sin salida y siempre sin fin. Iban clavando estacas en el fango sacadas por el fango. El ojo rodó entre la hinchada madera. El machete rebrilló, las hojas de la noche tabletearon como alas sin dirección. La dispersión de los pequeños habitantes, en fagocitado hormigueo, tenía unas consecuencias imposibles de calcular, igual en tamaño o forma a la incalculable pérdida o béance cuya forma resultaba imposible de concebir, y así un paso aquí no era sino una conjetura (grandes olas, grandes olas), y cada otro paso (no diremos cuál) era conjeturable sólo por un eco, pero la fascinación del tamaño era el horror mismo proveniente de la sospecha de la pérdida, agrandando el ojo, separando infinita, infinitesimalmente cada borde, vomitando infinitos bordes, sin que hubiera un acabamiento o fin, pero sí el borde, el agrio reír, el paso en falso sobre el fogoneo del paso en falso, sin espera o desesperación, sin eternidad. O sin fin, sin eternidad. Oh.

Los aguafuertes del Minoano.

Somos locos que hablan de otros locos desde una supuesta cordura que no es, ella misma, sino esquizofrenia, loca locura del bilocado bicuerdo. Punto de fuga. Pero cuál fuga. Máquina-pigmalión, máquina-golomón, máquina-indio rechinante, máquina-de conocimiento, muslo-tramoya, ¡oh cerebrito! Oh pedro gran cabeza de pedro. Muñecón torvo, amonedado. Cabeza-muñón. La traición es parte del mecanismo, un aspecto del retroceso. Y dígame usted si eso no es estar loco, dijo mirando por la ventana. Ese mismo movimiento obsesivo de mirar por la ventana. De levantarse e ir a mirar por la ventana. O de no levantarse pero de todas maneras mirar por la ventana. Tener que levantarse e ir de todas maneras a mirar por la ventana. La forma imposible de calcular. La sonrisa beatífica de don quijote, más loco cuando recobró la cordura que cuando lo declararon loco los locos que quemaron todos sus libros (menos uno). Dijo que sí, que eso era-estaba en don quijote. Quería agregar todo eso y lo perdió de vista. La mano iba pero no iba. El traqueteo rumboso y catastrófico lo arrastró a otra parte, a esa parte inundada de cabezas, a esa soberbia de la estopa, donde eran sajados los capitanes y los altos pájaros. Sí: claro que había una ventana. Y no una sino muchas. Se asomaría a todas, con el tiempo. Papeles moribundos rodando-relojeando. Los indios atados a postes hablando la gran lengua del desierto. Lengua de águila, de lobo, de chacal, de inmagno positivado. Lengua claveteada del que perduraba entre hoja-máquina y hoja-máquina. Johannes, así lo llamaron, contra el reflejo y viendo lejanos picos como un muerto incapaz de olvidar y también incapaz de recordar. Quién podía recordar. Recuerda siempre eso. Arrastraba esa inquietante hoja o fragmento mordisqueado imposible de escribir. Garabatos y más garabatos. Olvidar y luego recordar en el más profundo olvido. Aquella boca debió haber sido cejada a tiempo pero nadie lo hizo. Oído ficticio. Paso sobre paso. Piedra sobre pedro. Medias verdades y medias mentiras. Nada y algo. Máscaras y disfraces. La bisutería del infinito, cayendo sobre el estupefacto perineo. A la vuelta (una vuelta completada con otra) no vieron aves. El fulgoneo o relumbrón. Allí donde un texto hubiera sido el único bien, nada halló (aron). Acercó el cuerpo y el oído. Oyó sin entender, escuchando fascinado. Eso que no tenía tamaño se convertía en un productorio tartajeo-forcejeo. (Y oyó también, como si fuera otro: *Cada vez que oía un silencio se asomaba a la ventana. Tenía miedo no se sabía de qué*). Era lo único que poseía. Es decir: no poseía nada. Así, dice, ojo contra ojo. Aquí no hay nada. Tampoco allí. En ese levantarse sin fin, día tras día, página tras página, noche tras noche, sin fin.

MOUD LES INSTANTS COMME UNE HORLOGE

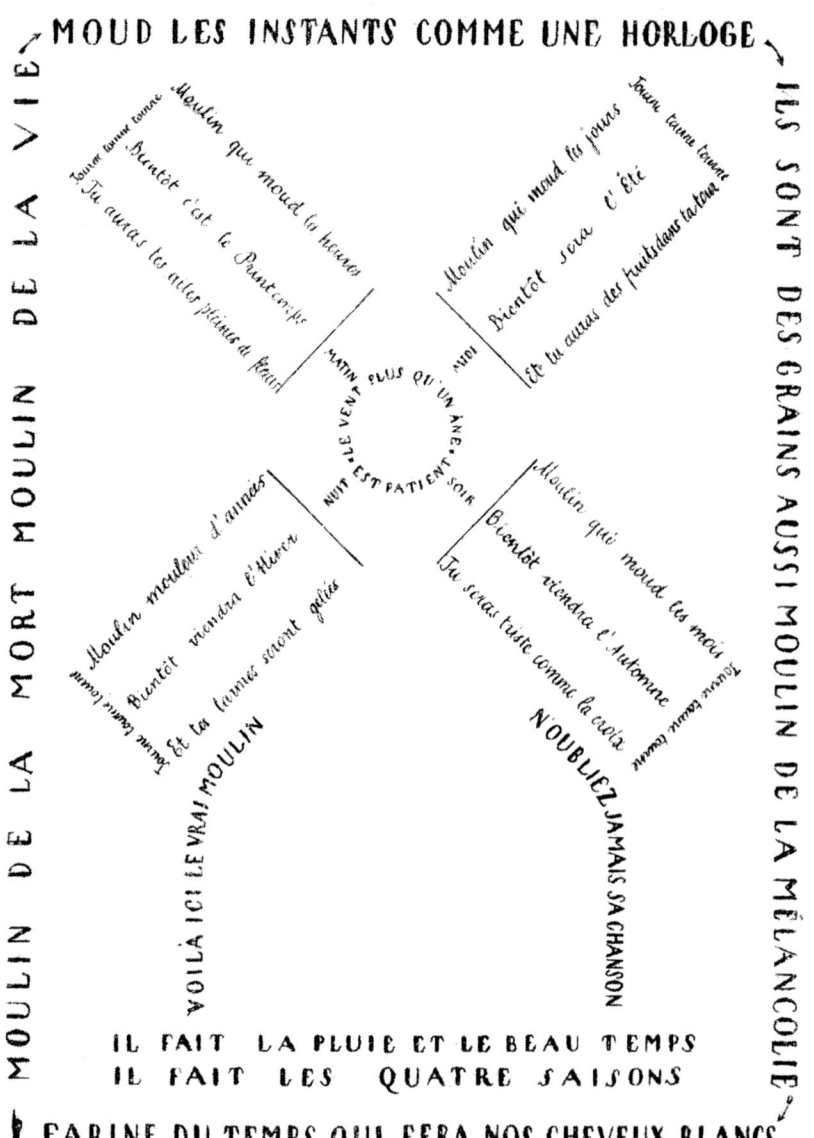

MOULIN DE LA VIE

ILS SONT DES GRAINS AUSSI MOULIN DE LA MÉLANCOLIE

MOULIN DE LA MORT MOULIN

Tourne tourne tourne — Moulin qui moud les heures / Bientôt c'est le Printemps / Tu auras les ailes pleines de fleurs

Tourne tourne tourne — Moulin qui moud les jours / Bientôt sera l'Été / Et tu auras des fruits dans ta tour

MATIN • LE VENT PLUS QU'UN ÂNE • SOIR
NUIT • EST PATIENT • MIDI

Moulin mouleur d'années / Bientôt viendra l'Hiver / Et tes larmes seront gelées
Tourne tourne tourne

Moulin qui moud les mois / Bientôt viendra l'Automne / Tu seras triste comme la croix
Tourne tourne tourne

VOILÀ ICI LE VRAI MOULIN

N'OUBLIEZ JAMAIS SA CHANSON

IL FAIT LA PLUIE ET LE BEAU TEMPS
IL FAIT LES QUATRE SAISONS

FARINE DU TEMPS QUI FERA NOS CHEVEUX BLANCS

MOUD LES INSTANTS COMME UNE HORLOGE

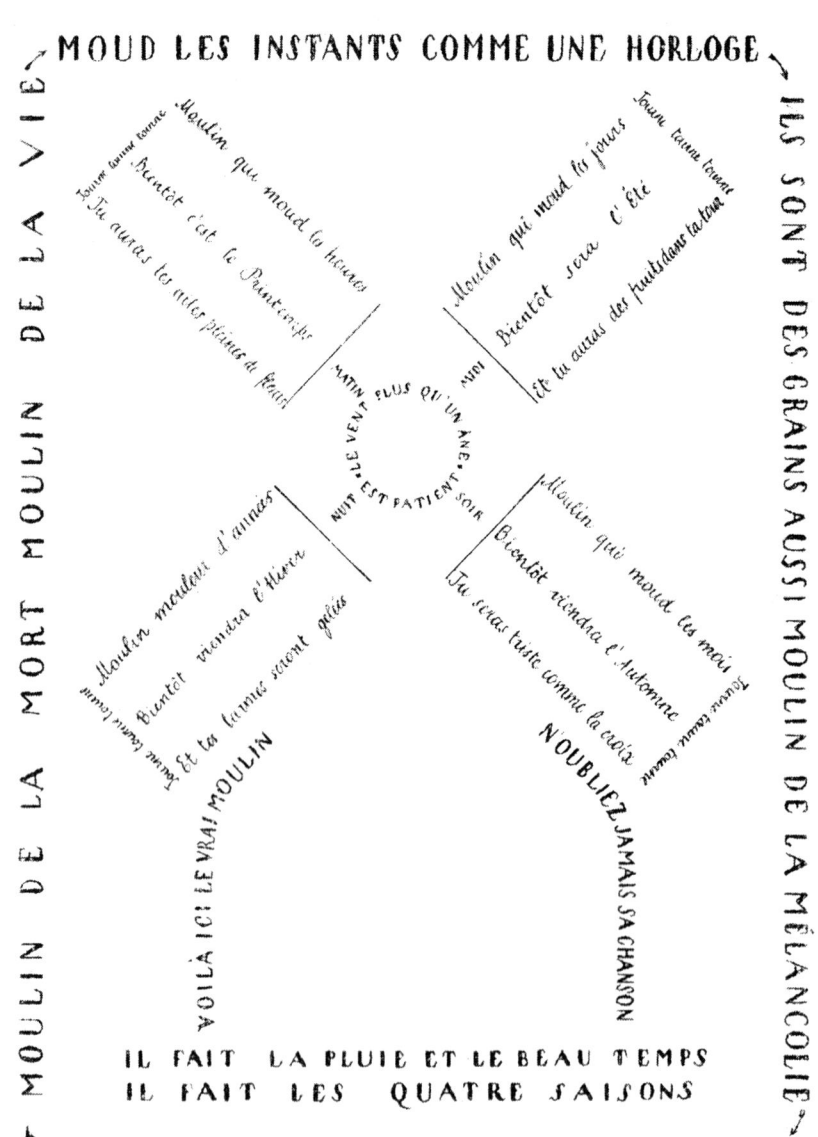

Moulin de la vie — *Ils sont des grains aussi moulin de la mélancolie*

Moulin qui moud les heures
Bientôt c'est le Printemps
Tu auras les ailes pleines de fleurs

Moulin qui moud les jours
Bientôt sera l'Été
Et tu auras des fruits dans ta tour

MATIN · PLUS QU'UN ANE · MIDI
NUIT · LE VENT EST PATIENT · SOIR

Moulin moudeur d'années
Bientôt viendra l'Hiver
Et tes larmes seront gelées

Moulin qui moud les mois
Bientôt viendra l'Automne
Tu seras triste comme la croix

MOULIN DE LA MORT — **VOILÀ ICI LE VRAI MOULIN** — **N'OUBLIEZ JAMAIS SA CHANSON**

IL FAIT LA PLUIE ET LE BEAU TEMPS
IL FAIT LES QUATRE SAISONS

FARINE DU TEMPS QUI FERA NOS CHEVEUX BLANCS

Miró. Mironeó. Ojeó sin ojo. Colgadizo. Voladizo. Talmudos. Farallones. Y siempre el misterio de la mano. (Eso era lo que buscaba, arriba, con un fruncir, un tirón de piel. Buscaba. Ojironeaba. Boca-rodillo. Boca puño de mimo. Ruedas, siempre ruedas. No había nada arriba. Nada debajo. ¿Dónde estás corderito? Con un único pelo en la cabeza, curvado como una uña de cuervo. El cuadro. El sajón. Sajado, sin reverso. No miró. Los ojos en lo alto de la cabeza. La cabeza en lo alto de los ojos. Ojo-cabeza. Cabecita calcinada oh cabecita. Cabecita que rueda. Lápiz abajo, muslo abajo. La repetición pero: ¿era eso? Eso no era eso. No eso no era. ¿Ésa? No la vieja emoción.) La mano. La no mano. La inmano. Sí: la mano mana. Historias banales en la desaparecida. Si quiere saber la verdad, nunca entré en ese edificio. Ji ji. Que se prolongaba allá arriba como el parapeto en la niebla. Frente-objeto. Párpado bajizo. Oh párpado. O mejor dicho: ¡qué viaje! Y mejor dicho aún: ¡qué parapetos! Así cada día más lejos del teatro. La cabeza pequeñita, arrugada como una ciruela. En fin en fin. El hambre en la mirada. El mironeo-borroneo. Sin perímetro. Sin rueda o ronda. Rotar ator rota. Dentado a desdiente. Siempre mintiendo. Las grandes masas de agua batiendo-borrando, borrando-batiendo. Toda historia, toda cara. Toda caricia, toda frente. Sin madre, sin hijo. Agarrado al dolor como a un clavo ardiendo. ¿Qué lo haría posible? Alcabaleros-gaviotas aleteando en el ojo. Riña junto al astrolabio. El hambre en la mirada. Lo crudo de la velocidad. Tantas cosas sin terminar. Mejor: todo caminos. A compás. Los músicos muertos en el redondel del subterráneo. Qué voz es ésta. Los muertos caminando por una calle en pleno día. Esa muerte incesante, esa sonrisa incesante, ese bordoneo-borroneo. Cero o uno. Igitur o moritur. Dos que no separan. Moviola inmóvil. Aleteo continuo. La boca de pigmalión cosida por el fuego de lo que no habla. Fuego que enfuega. Las nubes precipitándose como una manada de ovejas en el embudo del enano. El muslo prensil en primer plano. La gorda carnaza blanquecina rozada por una hoja verde brillante de seda o plástico. ¿Oyó la polea? ¿Quién oyó?

Pensaba que era la repetición pero no era. No hubo un: oh. ¿Habló usted del desierto? La sábana es una sola, se lo digo. De principio a fin sin fin ni principio. Trato de ver el principio pero sólo doy pasos en los pasos. Maneo entre las manos. Trato de hacerme entender y es cada vez más imposible. Ecolalia del eco. Quieto sí en el nodijo. Anunciación o renuncio. Ver para no creer. No ver y no creer. El paraver del queso o jalea (O, dijo) sin principio o fin. Digo principio, digo fin.

Mira a unos niños jugando y verás que alguien ríe y alguien llora. Es toda la historia humana. Siempre oscuridad y claridad. Lo oscuro y lo claro. Kaminsky. Cayó la mano, el arco, el ojo. Manita en el suelo. Lo verdadero, lo falso. La noche, etcétera. El mar, la noche, el glóbulo en el suelo de la cubierta (¿un ojo?). ¿Por qué volvemos siempre allí? A dónde. La imposibilidad de volver dentro (o fuera) de la aún mayor imposibilidad de no volver. Cambió de ángulo. O: lo que cambia es el ángulo. El abrigo (gran hópalo) cruzando con lentitud la plaza. La ventana a lo lejos con las persianas muy estrechas, como un boceto de ingres. La boca amarga (lo amargo de la boca). La madre, la hija. La madre igual a la hija. La cabeza igual a la cabeza. Cabeza desigual, como una losa desigual. Enlosamiento desigual. Cabeza dismúltiple. Clavo igual a una estaca. Dijo que clavaran estacas en el barro que se fueron desclavando. Clavando desclavando sin solución de continuidad. Todo lo dijo y al mismo tiempo no podía recordar nada. Lo disoluto (lo irresoluto) de la continuidad. El faux pas, el: oh. Nada será recordado. Menos que nada la cabeza. Esta cabeza. Aquella cabeza. Siempre cabezas como estacas fluyendo en discontinuidad. Nadando en olvido. El olvido: más poderoso y creador que todo. Pensée detrás de toda pensée. ¿Dice que no sabe lo que hizo en su juventud? Tirar de la cuerda, dijo, seguramente, dijo. La cuerda, la imposibilidad de recordar. Todo eso, tirando hacia abajo, las uvas negras o verdes, el gajo en forma de garra. El cuello, la desaparición. Eso: la desaparición. La imposibilidad de poder continuar mientras todo fluye en todas direcciones. Ni dicho ni por decir. Ni aquí ni allí, pierna escindida de Minoano. Pierna en la pierna. Brazo en el brazo. Lo oscuro y lo claro. Flores. No cruce: corte de caminos.

¿Y tú? Alguien no esperará. Por tanto, no es preciso callar. Es el brazo que vuelve en el brazo, rama en la rama. El ojo. (O: los ojos. Los miles de ojos disueltos como vigilantes, obsesivas cabezas. Allende todo cráneo, el infinito tintineo de la desaparición.) Ojo, rama, selva. Aparición, desaparición. Día o noche en los altos, inclinados, vertiginosos macizos verdes. Grandes masas de agua. Grandes puentes. Noche seguida de una ya no noche. La repetición como un grito profundo e inextenso despojado de todas las bocas. Miró y dijo: qué mano.

Oyó el golpe de la polea contra la ventana. La claraboya también podía imaginarse. Golpe de ojo y golpe de agua. Golpe insonoro despojado de todo silencio. La mano como signo que no señala a una cosa o una mano. Sacó una mano. Afuera no era distinto. Sol y luz y la palpable densidad no eran distintos. Vaya usted a saber cuándo o cómo. Muchos días y muchas noches m'hijo. Podía sacar una mano y podía sacar muchas manos. Era el olvido, el enjuto rostro de pigmalión con la boca abierta dentro del cristal de la claraboya. Todo continuaba sin las palabras dentro de las palabras, como si se hubiera suprimido lo que sucedía en arthur gordon pym antes del avizoramiento o azoramiento del fin que no significaba un final (aunque tampoco un comienzo). El pavor en el que el miedo no formaba parte. Sólo lo insólito: el oh que desenlosaba la cabeza. La pequeña cabeza de repente ya cabeza no. Risa no. Miedo no. Oh risa miedo cabeza miedo cabeza no. (Yo) dónde estoy dónde estoy dónde estoy dónde estoy (yo?).

Si fuera una historia comenzaría y terminaría en alguna parte. Mas lo interrogante e inagotable era el no. Siempre no. Nunca sí. O siempre no en lo (que) siempre (decía) sí. Sí sí sí sí. No.

Pero no: Así pues: no. Esas tablas con que se hacen los barriles. Las *duelas*. Una cabeza que pesa cada vez más y que cada vez se hace más ligera. Una risa inextensa despojada de la risa como un grito exactamente igual a una hoja. Que cae y que no cae. Sin estar suspendida (como el ojo), fluye. Como un barco, que no avanza ni retrocede. El barco, la palabra *barco*. Las duelas resonando bajo los pasos que no cesan. Que vuelven y se alejan. Se alejan. Vuelven. Trazando caminitos, telarañas espesas. De un mundo a otro mundo, de una cuerda a otra. Combinando una cabeza con otra cabeza, una mano con otra mano. Bach, ciego, ríe, mientras se recuesta lentamente en el camastro. Puede mirar por la ventana redonda, a través del espeso cristal, y ver el abrigo (gran hópalo) cruzando parsimoniosamente la plaza. Ve la plaza espaciosa donde caminan los pavorreales blancos, y el gran pájaro de alas de acero, rígidas. Sonríe, gran gnomo con el estómago lleno de olvido. Quién soy, dice, con un risita corta, cuyo eco resuena en la mesa de la cocina. Soy bach.

La patti eso es el arte. Qué arte ja ja. Eso es la patti. Toma el violín hermanita. Era de noche en los altos parapetos blancos. Todo era blanco, todo era noche. Oh góngora rojo. El rojo, la noche. La patti. El zapatón abierto en medio de la sala, espejeo del rebrillo, me fui y luego volví.

Había recuerdo y había no recuerdo. Pero siempre en el fondo era el reverso: el no recuerdo. A veces le gustaba pensar que tenía tiempo. Cuando entonces una noche despertó y se dio cuenta de que alguien se había llevado el tiempo como una sábana succionada a través de un agujero en el suelo. El suelo, exclamó, eso era el teatro. No, indios y pigmaliones, ningún tiempo. No en el tiempo. Los dioses están vivos y no hay nada vivo que no sufra.

Cabeza-muñón. Cabeza-codo soluto.

Dijo que eso era la forma del futuro. Casi dijo: «Ah». Que eso era lo que recordaba. ¿Recordar al fin? Un gran relato nunca relatado. Ni dicho ni por decir. Era eso por fin: el no eso. Pero nada al fin sino sólo el fin, infinitamente. Cabeceo del moribundo o del nonato. Siempre por nacer, siempre por morir. Ya sin ánimo (sin cálamo) para otras cosas. Eso eso eso eso. Nunca eso pero siempre eso. Y no me diga que no comprende, pues no había nada que comprender. Siempre así. Muchos días y muchas noches m'hijo.
Me quito la máscara y ya no soy pedro de narváez. Negro golomón pedro de narváez. Piel oscura, más negra que la noche oh pedro pietro petrus stein. Ya no narváez no pedro. Quién soy quién soy. Sólo ese quién soy quién soy. Quién eres quién eres. Tún tún tún. Escaleras abajo, siglos abajo. Locura, locura. Nada más que locura. Eso eres. Rápido, como pies rápidos pisoteando pies rápidos. Incontables páginas, incontables caminos. ¡Y usted quiere que le cuente algo! Caminos que corren por detrás. Pies gordezuelos sobre calurosas duelas y el tuntuntún en la caja de resonancia del cráneo. La boca que se abre con repugnancia. El ojo que parpadea, como un boxeador que ha recibido un golpe en el hígado. No sabe lo que le pasa. Hiato entre el nosaber y

el nosaber, del que no se sigue ningún movimiento. Nada que esperar. Nada que de/escribir.

Ya sé que usted no puede ver lo que yo veo. Noche, fragmento. El «buonanotte» cada vez más lejano. Las hojas con su filo temible y el crujido de los pies perseguidos por otro pies invisibles. No era una respuesta, sino la imposibilidad de abandonar lo imposible. Ese irse pero siempre volver. Ese acercarse cada vez más en la más perentoria lejanía. La necesidad de la lejanía. Y ahí entonces la imposibilidad de abandonar lo imposible.

Pues ello mismo era el esfuerzo o, si se quiere, el teatro. Selva de sombras, tanto más verdadera. No poder ya creer y, por tanto, no poder ya ser. Sólo en parte, como una pieza movida en el frío. Al darse la vuelta como un puro movimiento imaginario, podía ver la escora en escorzo pero intocable y lejana. El ojo u ovo adherido a la duela. Qué forma, qué futuro.

El reaparecer de la cara gorda con una nariz prominente. Buonanotte. El paso desigual en la noselva. Volviendo y alejándose. Nunca pensó que el sonido de la fanfarria lo atraería de ese modo. El rebrillo del metal. Una mano adelantándose entre las hojas, sin señalar algo. Una mano, el esbozo de una mano. Tropel presunto. Eso debería ser todo.

O lo sería. Sin oír nada. Sordo tropel.

Todo era un sueño de golomón. Sí todo, incluido ese oh pedro gran cabeza de vaca gran cabeza de perro. Perro en la hojarasca, con el hocico lleno de polvo. Intentó reír. ¿Qué diablos quería decir aquello? O bien: a saber quién era golomón. Las ciudades continuas (las eras continuas). El que no ha venido ya no vendrá. No había forma alguna de comparar la narración con el relato. Ni flujo ni aflujo. Ah: volver. Pequeños guiñoles en las hendeduras de las duelas. Cabello rielando y la suelta comisura espesa como el espeso y rallado cristal de la claraboya, nada cristalino. Ah:

¿Era la semántica o el cloqueo cabeceo de la marioneta cuyos ministreles estaban sumergidos en el agua? No sino el nomasallá, sin selva. Ojo con ojo. Borde con borde. Pulpa con pulpa. Blanco: negro. Nigredo. Quiso decir. Quiso sonreír. Vea en mi mano. La sombra en lo opaco, sospechando el teatro del fin o ella misma ese teatro despojado de toda reflexión: el puro reflejo en ese movimiento ya sin fin que era el desastre abierto a la imposibilidad de un pensamiento del desastre: la infinita incapacidad del pensamiento para hacerse de una vez por todas con el todo impensable aunque inminente del desastre.

Qué desastre.

Mano manojo en la nuca.

Boquita pintada de inés, ala de bruja en el ramaje (ramal). Rama seca, boca seca. Espesor de la hoja, curva como el pico del cuervo. Seré alto y tendré cien brazos como el gigante briareo. Ja ja, rió Golomón. Ja – Ja – Ja – Ja. Aventó. Barloventeó. Oteó. Aojó. Ja ja. Pasos rápidos de pies descalzos en la madera sin resquicio. La lámpara: O – jo-. Cenizas. Sin escuchar, oyó. La risa. Oh. Canción estival. Pongan esa silla allí, esa mesa allá. La mano. Qué cansado estoy. Fulgor de la mano que en otro tiempo se apoyó en el pecho. Hueco luminoso y fugaz, como un pie que hollase una duna. Hollase: fugó. Fugaz: [como] todo fulgoneo de la lengua. ¡Aquí! Había entusiasmo en la voz, en la boca golpeada por la arena. Boca fugaz, que la arena convirtió en piedra. Boca-pedruzco. Stein. Monumentos sí de arena y agua. Un gran puente alzado en la noche y sólo visto en la noche. Imponente, sin música. Grandes paredes de agua. El agua sigue su curso y nosotros también. Nos sospechamos a nosotros mismos, cabestros presuntos.

El cambio de mano o el golpe de mano. Zig

zag.

– Ahí fue donde se detuvo.
– O, con mayor razón: ahí fue donde continuó.

Uó. Uó.

Ya sabe (¿lo sé?) que es un círculo o se aproxima infinitamente a él. Como todas las cosas pero, como le digo, sin música. Un: ya está. ¿También el error? Vuélvase hacia este lado. Vuélvase hacia el otro lado. ¿Un: ya está? No lo sé, no lo sé.

Es una mano que tira de la mano. ¿Otra mano? ¿Otra nuca? Locura, dijo tambaleándose el gigante de pelo amarillo. Pero entonces, ¿quién podría detener a la mano? No se puede detener lo que no existe. Se inclinó y el sol le dibujó la cara. Era como una carta: querido amigo… Veía a Inés como una caravana de prostitutas que acababan de terminar su jornada de trabajo. Gran recuperación de nombres que podría continuar infinitamente. (Pero no (dedo en el lunar amarillo del sol). No). Trató de tachar eso como si estuviera mirándose por encima del hombro. Lo escrito, escrito está. Es algo que se hace solo, que aparece, que surge. Ni olvidado ni visto. El verde profundo de los campos alzados en vertical. El agua sin fin. Y ese surgir no es ningún secreto ni hay en él reflexión alguna. Miró en redondo con su ojo de batiscafo, rasando el pliegue vítreo donde bordoneaban los sospechados alares, enrejados y parapetos. (Luego soles, empoblamientos triviales. Charcos, mundos.) Y el pásalo-todo-doble, blancodearmiño, colgaba imperfecto del clavo mohoso donde también alguna vez había colgado el resobado uniforme.

Mapa y melodía de la cabeza. Disueltos de la música. Cabeza disuelta, perímetro. Sin comienzo. Sin antecomienzo. Qué cosa es un hombre, qué cosa es una cabeza. Todo un viaje o todo unos infinitos. Selva, te busqué. El eco perpetuo, semejante a la fila de ratas que sustituyeron a las ardillas. Equivocarse. Equivocarse otra vez. Siempre el equívoco, la musiquita de la perdición.
En dónde. O mejor: siempre. Seguir una página o un ojo. Ya sin inés, el zeugma que lo arrastraba con invisible besuqueo.

Sí. O más bien: no. Volaverunt. Corrió con los otros. Campos. Campos. Campos. Sobreluchas. Ese verde y ese azul. Y luego se perdió todo. Rió. Qué mapa, qué cabeza. Piezas sueltas y la indecisión de siempre. Si quiere diálogo, observe el perímetro. Observe el recorrido sin pausa, párrafo y ocasión. O más bien: sólo ocasión, sólo ocasión. Ocasión sin fin. Pero precisamente porque sólo hay fin. Recomienzo del fin.
Historias atadas a una verja. El infinito del deseo o de la suelta memoria. El sueño, el modo. Siempre otros, como las cabezas. Como el amarillo sol, desteñida cabellera rubio platino. Como el charco, aceitoso. La noche, las hojas. El paso triunfal del soldadito con su bayoneta de plomo. Los alares cosidos a las aceras. La continuidad del olvido y los ojos húmedos del perro. La espalda resobada cosida al pavimento, como una sombra a otra sombra. Tengo que decírselo, sin que sea posible ninguna explicación o un quién en

lo que se dijo o por decir (nunca visto o dicho). Ese decir sin (ese no decir sin fin), hueco en el brillo de todo sol. Y nunca detenido, abierto y cerrado como la boca de una claraboya. Ojo perplejo-desparejo del tramoyista que mira entre la estopa blanquecina. El cansancio más allá de los tropeles indetenibles. Las palabras nubes inmóviles en el azul promedial sin ocaso que lo tiñe todo de azul (la hoja, hoy). Azul y verde que no dejan lugar a dudas. Sin crujido, sin resquicio. Pura resonancia de ojoído. Pérdida sin fin. Desinencia y nunca sí (aunque tampoco no). Una noche y otra noche. Imposibilidad de correspondencia entre la cabeza que mira sobre el balcón y la mano que cuelga floja sobre la baranda del balcón. Nada de mirar con unos ojos o apropiarse de una cabeza, si es que me entiende. (Pues no –un burbujeo entre los manglares. ¿Es éste por fin el mapa, ya que aquí hay (o habría) muchos? Quién habla de mapas. Chac chac. Y quién ha hecho ese ruido. Ah: todo se fue. Nunca encontraremos el mapa. Te he dicho que me devuelvas el catalejo. O mejor: «era como mirar a través de un catalejo, o de un hueco en el bosque». El infinito mapeo sin mapa, el corazón del vivo y el corazón del muerto. Sin libertad y sin oscuridad. Ya casi nada más que esta casi libertad sin límites. Dentro de lo que está dentro sin dejar de haber estado nunca afuera. O fuera. Huella sin palimpsesto. Pues no y entonces esto. El siempre entonces de esto: dedo liana de manglar. Suben y bajan las cuerdas y los ojos rasan, las lajas rozan. Veo en el opaco cristal al artista en toda su dimensión dando un gran bocado. Es un camarote de 1.5 x 2.5 tal vez al mediodía. La madera, con brillo de falleba y contrafuelle. El salado sin olivo y el ondulante horizontenivel. Grupas mordidas por el salitre y el miedo. Una boca que chasquea sin dirección y el enorme cuerpo sentado que ninguna mano-manojo acaricia, disculpa. Oh mano en la nuca, persistente. Oh manita en la nuca. Viejos olores sacudiendo las entreabiertas narices del goloso golomón. Ahí terminó todo. Pulso del ombligo: ojo redondo sedoso-leguminoso palpoplejeando debajo del agua.) ¿Se ha fijado en cómo se parece esto a un desierto? Francamente, no. Sólo esta libertad: ninguna otra. Y yo le digo que no sabe nada. En efecto: nada no sé nada. No sé nada no. Ah –dijo. Ah.

El relato dentro del relato. Pero la narración nunca será como el relato. Por aquí no hay salida, señaló. Y por aquí tampoco. Ojo-ombligo que parpoplajea en la luz, como el parpadeo de muchos niños que nunca van a nacer (¡Nosotros!, exclamó). La esperanza furibunda que cruza el yermo de la frente como un relámpago. La mano que cuelga floja de la baranda del balcón, casi feliz, incapaz de salvar. El ojo, etc.

No les dije (¿dijimos?) que tomaran ese camino, porque el agua es insobrepasable. Esas grandes farallazos (mientos) de agua, esos ensabanamientos verdes precipitándose sobre el escenario. Los enanos atónitos ante el relumbrón de la linterna dentro de su sueño amarilloverdoso. La máquina dando grandes pasos. La arena sin fin tragando cuerpo tras cuerpo, cabeza tras cabeza («muchos días y muchas noches, m'hijo»). El ruido perpetuo, lejano-cercano. El corazón del muerto y el corazón del vivo. Boca constante abierta, insepulta. Sordo cronometreo-desequeo de esquirla con esquirla, metal con metal. . .

Cloc

Cloc

Cloc

Emociones. Locura. El pie salió (bajó y se apoyó en el escenario) y había (era) la presunción de un centro.

¿Dónde estoy (yo)?
Tú estás muerto, pedro.

El centelleo de masas. No somos y no éramos. Revuelo y desaparición de los mapas. Lo ligero soñado, inalcanzable. Golpe de la ola. Ah: volver. El ojo a lo largo del perímetro: pies de niños corriendo por el soloborde. Subiendo, bajando, sin descanso, sin fin (sin fin, sin descanso). Y así también infinito e infinitesimal el error del ojo, la cadera hinchada y suelta, el pensamiento disuelto, la arena, la arena. Muchos días y muchas noches, m'hijo. Movió una pieza. ¿Dónde era eso? Llovía. O: debía haber empezado a llover. ¿Quién no ha visto esas rayas verticales? Al evitar eso: la mano describe una curva. ¿Qué estamos haciendo? El ruido: lejano-cercano. No hay ninguna huella aquí. Allí tampoco. Nada había (ha) comenzado.
Oh.
Nada se mueve.
Oh.
Mueve–Fuga.
Etc. Pues.
La mano floja, perseverando en la floja. Manoflojeando sin fin. Sin fin discontinua. Mano-manojo redonda, desgajada de todo continuo. Insepulta. Flojeando en la baranda, soldada al fragmento de calle, de cielo, al rostro tajado en diagonal. Nada. Todo.
Oh.
Ex–abrupto. Vertical.
(Busquen, ahí.)
Chillido. Correteo-pisoteo. Quién soy yo quién soy yo. Ni ellos ni nosotros. Nada. Nada.
Usted cree. Ojalá creyese (era). Otro tiempo. Éste y otro. La continuidad del olvido en la que de pronto aparece una cabeza. Y:

¿qué cosa es una cabeza? O: ¡Vaya cabeza! O bien: ¡Qué cabeza la mía! Pero si se supiera realmente a quién pertenece la cabeza. Más aún: la palabra cabeza. Más aún: la mano, la palabra mano. La nuca parlanchina, buscando una salida. Ojo en espejeo. Buscando una salida. Por aquí no, por allá tampoco.

Ja! –dijo.

¿Dichosa edad y siglos dichosos? La ventana sigue abierta y también hay un canalizo. No puedo decirlo de otra forma. No hay nada verdadero. La mano floja busca. La cabeza floja sigue a la mano. Rallado en seco. Sajo.

No hay nada verdadero.

Mapeo sin mapa. Cabeza sospechada redonda. Tramoya, máquina de lo histórico sin historia. Hueco o pozo de la cabeza excavada (tajadas y tajadas y tajadas) por la acción pura. ¡En qué ha venido a parar todo! Ella lo vio. Ella lo dijo. Todos como muñecones de anchas sonrisas anchos pómulos inclinados en el grueso cristal mirando mirando qué. Globos ávidos tomados de frente por la luz y en la espalda por la oscuridad. Caramanchones asimétricos. Sin pecho ni espalda, anónimas ingurgitaciones de papel. Tan pronto reducidos al tenebroso rompecabezas como agrandados en copa sin continuidad. Lazos: ausencia de lazos. Siempre disparejos aspejos disuejos.

La isla era la meta o sueño. Pero la cabeza no dada cuenta de sí misma. No estaba para cuentas ni cuentos. Todo era todo y en ello ca(er)ía el problema. Pero no había ningún problema. (Hoja, gota).

Hoy.

Sea en buena o mala hora, el ojo saltador. Hemos ido demasiado lejos. Restos de naufragio. El tún tún tún del cabezón cabeciduro equivocado (de cabo a rabo y de medio a medio) del todo, como un guiño. Confundir un esto con un esto, o separar un esto de otro esto. Naoneonato, dijo. ¡Ya lo quisiera yo! Un muslo de enano cortado-sesgado por un diamante cortador. El lucífero danzarín envuelto en tafetán verde. Todos los alimentos del viaje. Las albuferas, las sonrisas azules de los colmeneros corriendo por el borde de los fiordos de papel y... levantó una ceja (mano). Volvió, hizo gulp. ¿Era esto lo que estábamos buscando? El orificio en la carne como un improvisado catalejo. Cuándo terminará este viaje. Pero: ¿qué viaje? Catalejo colodión. Todo lo olvidaste, pedro. (Petrus pietro prieto stein.) Imposible recordar un nombre. El grosor del cristal, las viejas ralladuras, el adiós como un relámpago en el raso o collado, oh. La reducida boquita. Tumefacta boquiabierta. Equivocado del todo. Odo odo odo. Dónde estoy dónde estoy. Oy. Oy. Oy.

Pequeño pequeñísimo pedro golomón. Oh pedro oh golomón. Y:

El ojo corrió también o nunca se detuvo. Chirrido de polea, de hoja, de noche sobre noche, como un dedo gordo en la intemperie. Buonanotte. Sopesando, midiendo, decidiendo, cosechando. Cosechando en lo muerto, en lo notuyo nomío. Yo, dijo, con la hinchada pulpa del ojo apoyada en la ralladura. Hombre yo, con locura sin igual en burbujeo-risa bajo el agua. Después o antes, todo caía alrededor. También él cayó o caería (caía). Del otro lado, idéntico cristal: también cayó. Mano-manojo doble, cabeza doble. No se sabía si la repetición era necesaria pero era lo único que se les ocurrió. Bach miró por la ventana y su ojo abarcó el parque, las hojas. Llamó. El encorvado atravesó el césped blanquecino en su viaje infinitesimal dentro de lo turbio del ojo. El rombo blanquecino del césped voló. Una ventana en lo alto y el chiquillo sempiterno acuclillado en la acera con su charca de agua de aceite. Dos imposibles alicatando el cerebrito recalentado bajo una o una infinidad de coronillas. Esto que estoy componiendo ahora no lo voy a transcribir, dice bach con una risita de gnomo, la pulpa del ojo sobresaltado apoyada en el cristal. Para hoy, para hoy.

Los hijos de Escaramandro, ocultos entre la maleza, miran con ahínco el desmeollo atropello sobresuello de la inocente inés. ¿Inocente? Muchas lunas dudaron sobre el aljofarado cordel. En donde no, ya se sabía, almenas. El capitán recoge velozmente los lápices en un puño. Contemplativo, mira el horizonte. «El capitán, pensativo, contempla el horizonte». Las plantas de los pies aparecen y desaparecen, indistinguibles de las obleas de agua. En junio, estos pájaros volverán. Se posarán en las ruinas, en las asombradas pilastras. Todo caerá y permanecerá levantado. Quieto, ahí. Ojo dudáneo. Ojo debajo del ojo, estupefacto. Qué veo. O mejor qué oigo. La sensación de oír, de tener un ojo (hoja, hoy). El pensivo. Soñaba. Sólo el ojo (la mirada) parecía moverse con aparente libertad. El cuajo. La mano plana sobre la madera: quién yo. Indagación del pie que sobresale, blanco (blanquecino) como un dedo, en el sol. Figura de papel con reverso de sombra. Sombra y blanco sin distinción, como papel y papel, lleno, vacío. Dijo: oh. La hoja dura oscilando como el pico de una gaviota. Se equivocó (aron) en todo. Fue ahí donde todo terminó. Todo terminó y todo comenzó. Todo comenzó donde todo terminó. Nada podía continuar y todo continuó. No sombra ni luz: laja, sajo, cuajo. Mano, manojo, muslo, retal. Alar contra el ojo, fugas y más fugas. La arena llena de picos de pájaros. Como si el muerto pedro mirase con el ojo sobresaltado del pensativo golomón. Inés con la falda recogida contempla en el agua aceitosa de la charca su ano bilabial. Yo no soy inés. O: «Esto no es inés». La patti ja ja ja. Espejeo de un mundo en el clap clap del ala contra el sol. Contra la piedra, contra el papel. El ojo rodó por la cubierta: yo lo vi. Ese quién yo. Risas. Siempre risas. Ruido de dados, de dedos que tamborilean sin solución. Como la noche, sin solución. Como el blanco de la noche, sin solución. Como lo negro de la noche, sin solución. Como la cabeza, sin solución. Como el ojo: hoy.

El alzamiento del azimut, como el alzamiento de una carta judicial. Igual importancia y tan sin futuro. La boca de una soprano, negra como el negro de la noche (esto es: infinitesimal) que nos tragará a todos. Vea el horizonte por mí y dígame qué es lo que ve. No es de día ni de noche. La sombra, qué obsesión. El blanco, qué terrible obsesión. Ícenos, dijo. Y luego rió. Era una broma. ¿De qué habla (habló)? De nada y todo.

Libélulas rojas y amarilloparduzcas. Un cielo elipsoidal.

Soñó, soñé, soñamos. Pero todo era sueño (sinsueño). Calamaro.

La muerte del filósofo. O mejor aún: su resurrección. Imposibilidad de morir y: signos. Oyes un canto y (lo) sigues. Canto múltiple, camino múltiple. Muchos cantos, muchos caminitos. Signos. Caminitos que conducen todos al mismo nolugar. Por fin: (el) a-caecer. Caer porfin. Un signo entre muchos, pero con no igual fulgor. Oh qué día tan azul. Ese azul sin fin congelado en el ojo. El ojo congelado en el azul. Siempre todo termina igual. Estoy sentado y tengo una tableta en la mano. Está sentado y tiene una tableta en la mano. Nada habla. La muerte del filósofo como algo que no necesita explicarse y que habla sin fin. Fulgor de la plenitud de lo que está privado de luz. El agua en el vaso. El cristal opaco luego en la claraboya. Ahora en el vaso. El vaso aquí y allí. La muerte como el entreallí cantador. «Muchos días y muchas noches, m'hijo.». Quería decirle «ya le he dicho que no soy su hijo», pero por una parte no podía hablar (sólo oía el golpeteo sordo del trapo), y por otra recordó que hablar del teatro era algo demasiado extenso (sin habla, somos allí). No decía nada de ninguna crónica. ¿Cómo creerte?, susurró golomón. Oh pedro gran cabeza de vaca.

El lustre y rebrillo enfermo de un mundo siempre por existir fue lo que lo mató. La mano curvada positivamente sobre la barandilla parecía haber olvidado todo paso en falso (cuando precisamente no había habido otra cosa que paso en falso: instante y abismo). ¿Ocasión? La voz siempre sesgada del capitán (nunca un grito). Dado que el sentido sólo podía ser otorgado por el padre, ahí mismo estaba la falta de sentido. ¿Siendo lo peor la falta de importancia de la dilucidación de la importancia del sentido? Ni mejor ni peor. Un qué (o cuál) violencia. Ahí, en el callejón. Vieron lo que se les aproximaba. Lo percibieron como una falta, en forma negativa. Lo que no está (aba) o desaparece (cía). Se apresuraron, como hombres que se cobijan de un chaparrón bajo una cornisa. Compraron libros. Ah…

¿Y usted qué hacía mientras tanto?

¡Vaya pregunta!

Cada vez más lejos, caminando por detrás, ya sabe, por ese nopasillo o estrecho entre dos ojos. En lo opaco, donde el ojo no ve al ojo. Fosforezcamos, dijo, en la sospechada polea. Siempre arriba, nunca debajo. Siempre debajo nunca arriba. Mejor mejor que esas dos piezas siempre han estado separadas. Lo contrario sería una confusión indeseable. Las plantas de los pies negras como el carbón, libres, interrogando. ¿Qué es lo que quiero? No una segunda liberación clap. Viniendo desde tan lejos y siempre yendo. Pugnaba por algo pero no sabía qué. Cada vez más lejos. Tal vez quería volver a oír las tablas. ¿Qué tablas? Los pasos. ¿Qué pasos? Fue en el barco, dijo. O, para ser más precisos, en el mar. Fue en el mar o podía haber sido en el mar. Oyó un eco: inés.

Iría (iré) más adelante para saber cómo vivió cómo murió. Sentado en el invierno y siempre la fuga sin fin. Cómo vivió y cómo murió. Y oyó arriba un sonido como de platillos. Eso lo alejó. También lo llamó. Quería guardar todo eso para qué. Ochentaiun años considerados como un todo. Nueve veces nueve. Lo harás lo harás.

Pero cuándo dónde.

–En mil mesetas.

No oscuro sino claro como la locura. Qué isla qué sueño. No hoy.

Moulin de la vie moulin de la mort. Farine du temps que fera nos chevaux blancs. Si una mujer tiene cuarenta años y no está loca, dijo inés. Pero qué dije yo. Aislado en el sinsueño, aún oyó. Pensó que oyó. Nubes veloces, pájaros, uvas caletas. El retaceo de la falda y el frufrú del metal. Ojitranco. La cerrazón del ojo en la mano, de la mano en la nuca. La cerrazón-abertura del agua en tromba. Ríos cayendo desde arriba, cegando y segando. Cantos sin acabar.
No eres tú.
O: sí tú misma.
Con el pelobarba ocultándole la cara subido ahí arriba. Quién eres tú.
De esa oscuridad donde no podía distinguirse un ojo o nariz.
Era verde y muy hermosa dijo. Qué o quién.

Ja ja, dijo félix krull, estaba completamente seco cuando bajé ahí. I'd have tried to do some good if I wouldn't have had good luck. He perdido mi hermosa libertad.

Oh it is terrible terrible.

No hermosa, si la hubiera tenido. Y siempre verde. Borde de alas u hojas. ¡Y las dichosas uvas caletas! Como le digo, terminar es mucho más difícil que comenzar. Un cualquiercomienzo que no puede ser un comienzo y ningún final. El infinitesimal acabóse de lo que no puede acabar de acabarse jamás. El fin del fin sin fin pero no al fin. Fin sin final.

Das ende amigo mío!

Gente y cuentos sin cuento.

Y e l a l t o a h í que no detiene la precipitación. El agua de silencio del mudo o tartamudo. Ojo del paralítico que ve por cada miembro o músculo, por cada incansable organito. Ojo en perpetua ansia incesancia errancia. De un castillo a otro, de un banco de peces a otro, de un cordón de zapatos a otro. Mira ahí y dime qué ves. Nada o sólo lo oscuro. Los pálidos signos escurriéndose en el confín de confines como un rostro o inrrostro en fuga. El palabreo incierto como un aleteo frenético y diagonal contra la incesancia del ojo. Oh ojo. Oh pedro gran cabeza de vaca. Oh vaca gran cabeza de pedro.

En el catalejo cien conejos dibujan un caballo.

Sin mesura, oigo el oleaje contra la cubierta del barco. Las desasosegantes sabanas con grandes cuadros verdes y negros. El regusto medicamentoso del hierro en el humor vítreo que hace las veces de telón de fondo. Quiénes somos dónde estamos. Los nadie. Los ninguno. Ni nunca ni siempre. Ni antes ni ahora. Muevo esta ficha aquí, miro y digo: no me entiendes.

Crujido de la duela. Oscuro resplandor de la escena en extricada simbiosis con el telón de boca. Sin fin ni comienzo.

¿Así que buscaba (aban) una salida?

¿Una ida, dijo?

¿Eso es todo, dijo?

¿O dijo: eso no es todo?

¿O dijo: no?

Tan imposible era continuar como detenerse en seco. Todo en ese final sin fin encontraba no un sentido sino un no ha lugar perpetuo, de-signo puro.

Así lo vimos en el subnoctae sin posibilidad de regreso. Ello dudáneo más allá de toda duda. Música sin testigo ni estamento. Resplandor sin luz cien veces más luminoso que el sórdido, ensordecedor centelleo.

Inés ajedrezada, de rodillas en la boca del pozo. Inés nunca inés, articula el posible golomón, que sabe lo que dice. ¡Vaya si lo sé! Vaya si lo sabe, dijo inés. Y puesto que aquí no había nadie más, enseguida nos pusimos a la obra. En ese vasto laberinto —dijo la voz pequeñita— lo importante es comprender de antemano que no hay ni podía haber ninguna salida. Siendo así —respondió el Capitán—, debe usted saber que tampoco hay ni podía haber ninguna entrada. (¡En efecto: estaba completamente seco cuando bajé ahí!) Así es, así es —concedió su oponente, metiéndose los pulgares en las sisas del chaleco. Ya estamos otra vez, murmuró la bella de todos inés con profunda voz de estropajo estopa felpa.

Pero hay ahí un hueco grandísimo. Terrible terrible.

exactly at noon or better while the chimes now faint now clear were sounding on the still air felt back in the pillow dead

ALL THAT MONEY CAN BUY

bye   bye   bye

like and old song

   corta aquí, implacable. corta aquí, no sé quién soy. corta aquí, señuelos. almogávares sin picos. paloma de ojo negro redondo comiendo siempre del mismo lado. corta aquí, quería creer que había alguien capaz de vivir o ex en el centro del mal. pero ni el uno ni otro ex-istían, así que. qué? corta aquí, dijo, sentados o eliminados. cien piedras o cien pirámides. todos los sueños para el que muere sin sueños. its likea r/a/p no (tt)rrap (no)p o(p). nadie lo recordará, recuérdalo.

No hay que precipitarse, dijo, incluso en medio de la mayor precipitación. Creímos que era en junio pero no lo era y eran cosas que no se producirían jamás. También nosotros nos perdimos, digo, llevados por el deseo infinito de estar cada vez más juntos. Sabe que le hablo de la escritura y del fulgor invisible del teatro. De ese (t)error que no cesa. De esa vida o sobreviva, incontournable. De esas arenas o cabecitas negras dispersas en el gran césped, donde yo me perdí y tú te perdiste. Oh qué habla oh qué gracia oh qué juegos oh qué besos. Una respuesta o insistencia para nadie. De lo oscuro a lo oscuro, de un castillo a otro. La soledad más intensa cuanto poblada de sueños y sueños de sueños.

Siempre una vida, una historia contada o por contar. Un frenesí de escritura. Soñaba que se iba o que volvía. Pero no sabía a dónde se iba o de dónde volvía. Todo acababa en el ser para acabar no siendo. Y desde ahí, siempre volver a ser. Ese siendo perpetuo de las coloreadas cometas. El jinete enhiesto sobre el caballo mientras el río traga, traga. El indio que sigue a la figura monstruosa que repta en el sueño, hincando la pezuña amarilla en los glóbulos de los exploradores dormidos. Era en junio o mayo mientras estallaban los ojos de esos árboles que no sé cómo se llaman. ¿Así que usted tampoco? Decir, subir, alzar, asir. El azimut levantado y la mano, el tientotiemblo a ras de toda aparición, alto, collado, colina. Cuerda, pájaro. El refluir en que ya no había tiempo o todo lo era. Quería quién alzar la mano. Hubiera, la. En el resplandor más luminoso cuanto más lejano. El lejos, como boca que ojea, que no canto. El sin lugar a dudas de todo comienzo, engaño cosido como una sombra, cuerpo nadando dentro de un tonel con las manos atadas. Comienzo dónde. Descamino, incomienzo. Infabulación del inregreso. El monstruo que rota y saja en el párpado gordo ocioso, el tintineo que rodea la danza del colmenero, anunciando el ¡cataplún! de la catástrofe futura. ¿Futura? La escritura fluye como un río, y todas las lunas con ella. El menstruo al que sigue el ¡OH! Mano en la nuca, manojo, machete. Busca. El qué.

Oh qué?

No te engañes, pedro. Nunca saldrás hemos de aquí. Así golomón oh gran caramanchón. Pero quién se engaña, muchacho, estiró el brazo por debajo de la mesa y tocó (oh qué). Después de toda ilusión, hay más ilusión esperando. Más días y noches, m'hijo. No era un viaje ni una caída, dijo el ojo. La tinta, la tinta. Eso pero no eso. Siempre una vida, un cuento. Siempre una cuenta o muchas, esperando. ¿Pero quién se prendía de ese hilo?

Los mapas no pueden reproducirlo. Cuáles mapas. Lo olvidado que vuelve y ya no es olvido, sin dejar de serlo. Si se detenía a pensar, todo se detenía/desaparecía. Aquella luz o ésta. ¿Quién eres tú? Después de todo cuento o sueño, otro cuento, sueño. ¿Era por fin esto el laberinto? Aparta, dijo el minoano, prensado entre los muslos, higo entre dos orejas. Atraía la larga trenza desde lejos, mezclaba sus viciflejos con los reflejos de cobreoro. Excavaba, excavaba. Su lenta pezuña se hundía en el enemigo amorfo. No estaba y se veía encontraba como un golpe de ojo, un centelleo de cobreoro entre dos pliegues del espejo. No podía reconocerse como nadie o algo. Aquí estoy yo, decía con la mano alzada, aquí no estoy.

Los cosacos trajeron todas esas postales, la nieve que recordaba. No era él o nadie, pero siempre ocupaba el lugar de algo, mano en el aire, saja, tajo. Ya no buscábamos, no, aban. Nadaban como peces de colores en un denso sueño rural. Sin salida pero siempre en pos de una salida. Desvortizado el triángulo, giraba como un ala. Era esa ala nieve lo que recordaba. El alerón temblando en la nieve, símbolo del viento. Yo mismo, yo pedro gran cabeza de vaca, oscura y caliente como el golfo a donde entraron y en donde desaparecieron los galeones. La vasta agua tranquila llena de sueños y sueños de sueños.

Contradicción entre vida y muerte, como si la vida tuviera que prevalecer (oh loco). Como si actos y signos supusieran una finalidad (otra vida que encerraría a esa vida novida asiéndola alzándola hacia qué) o una no finalidad (el sueño de no tener ya sueño). Contradicción entre sueño y vida, muerte y vida, muerte y sueño. Sueño de los muertos, denso oro del lino desovillándose, dedos cruzados pegados, pupila adherida a la pulpa del ojo, anillo sin ceremonia, persecución sencilla, hojas, ojos de las hojas, un pozo.

Yo te escribo tú me escribes nada escribe.

Nadie nada.

Ni tú ni yo.

Aquí, dijo. Aquí, negó.

Crucífera, hija de sí misma, lamió el pilopulpominoano con el anoboca. Succión profunda, jadeo del pezpárpado deslizándose con un grito rojo por el borde de la hoja, afilada como un espadón de toledo. Loca, loco. Cavo, voca.

Pensamientos que pasan como nubes en un cielo de tormenta. Perro no te llamaré perro. Azul no te llamaré azul. Así sentado (una pierna por aquí, otra por allá) fue como empezó todo. La oreja, el olvido. Esto: la lupa, esto: el botón, esto el hilo la nada. Y esto también. Y esto. Y esto. Pensando qué cosa es un morabito. Que hables o calles es igual. Eran los días felices. Zukunft kann mann nicht kaufen, dijo mirando la cubierta del libro. Lo de locura, dijo, moviendo el dedo circularmente. Buscó, pero allí no había espacio.

Cuando yo tenía una boca. Esta boca es esa boca? Un cuerpo dijo una no sé qué. Mis uñas ahora. Mis ojos ahora. Señaló: Esto es una mujer hermosa. Yo lo dije él lo dijo. El pie se balanceaba en el proscenio y en el schwarzenwald. Somos nosotros, dijo apartando el filo de una hoja. Hoja de 3 filos, moebium de 3 dimensiones. Somos en el schwarzenwald. Somos allí no somos. Dijo. Curioso que no llamara no tocara. Entró, no dijo. El quién nosotros apostilló. Allí, negro blanco el graznido, el rodar solitario de la cabeza, cada vez más pequeña. Somos allí no somos. La ventana o puerto donde el ojo resbala. La farola que aún está allí. El allí. Quería cortarlo en seco o mirar hacia atrás. O hacia delante. Sonreír. Soñar. Buscaba el yo, el ahora. Dormido. En el límite había algo realmente espléndido. La mano larga como una farola. Los ojos, la salida. O mejor aún: la entrada. ¿Fue así? Pies pequeños detrás de pies pequeños. Pies colgando sobre manchas de aceite. Esa tensión de lo real imposible de realizar. Lo imposible de ver como el en pos del ojo. El ojo en la punta de la hoja.

Cuándo aprenderemos nunca. Caminitos caminitos. Me asfixio, dijo. Yo también. Sentémonos un rato. ¿Aquí? Allí. (_____). Sé quién es usted usted no sabe quién soy yo. Habrá calor. No hay nubes o están muy altas. Habló, hablé, hablamos. Quería comparar una conciencia con otra pero sólo le salió una risa-estertor. Si pudieras reconstruir todas las historias (toda la) que está aquí, ¿lo harías? Nosí.

Ahí estaba la hierba, el prado. Un mundo sin bordes, gorgoritó. El césped. La locomotora monstruo rojo. El sol. ¿Qué sol? El, dijo, borde, no. Erre y ese. Ascaro ignoto.

Cuando veía, si veía. Una sonrisa, que sonriera, sonríe. Todo lo que había querido evitar estaba aquí, sonando como un acordeón chillón. El prado. La hierba negra. El viento. El sol sin edad. Kitsch dijo quisiera. Dolomitas. Dormido, yo. Canción dedo bebedizo acordeón. Yo otra vez yo. Lo que no va a continuación. Nada. O todo. Como en un sueño, escuchó. Lo vio, oyó. Dijo: eso, oh. Tú. El tú. Tú mismo, ayer. Lo vio, cada vez más lejos. Enfrente y detrás, el ojo en el bruñido esmeril. La hierba, todo. El todo. El qué. ¿Qué? Todo. Tocó, no entró. Dijo que eso era lo extraño. La nariz de golomón, cada vez más ancha. El golpe de la arena, los ojos de todos, todos los ojos. Prenez vous a ce fil! Arracimados como zapatos de niños sobre el tablero precario. El crujido de los cordones, el repiqueteo de la risa sin surgir. Que no surgirá. Sonríe. La boca dijo: no. Como le digo: aquí estaba la ventana y allí el río. Usted no sabe quién soy yo, yo sí sé quién es usted. La cucharilla, el tazón. La línea azul continua la luz en el verde. La marquesina blanca, el viento.

Cedió la mano qué mano. Toda tragedia una especie de paso de baile. Fila de hormigas en un borde. Borde de la hoja, del tobogán, cubierta, filum. Fila de cabezas cada vez más pequeñitas riendo con una minúscula risa tornasol. Caras prensadas en el pretil. En el pardorrojizo fondo manos diciendo adiós. También pequeñitas como alas y alas o uvas caletas separadas en el arenoso tableau. Así, así. Tú dijo quién. Ya mucha lógica ese quien. El crujido por determinar sobresaliendo como un dedo en el mapa. Ese toctoctoc de un adoquín a otro adoquín. Cuanto más trataba de contar más se alejaba la barca de la mano. Del borde. Sólo el cordel, dijo. Por detrás del ojo la transparencia de la sombra. Y si todo fuese esto, también estaría bien. Decir, oír. Oyó, oímos. El alerón en la nieve con su filo negro. El grito de la corneja, parada sobre un solo pie. La luz de mayo o junio como una gota tenaz. Sin luz: sólo lo tenaz. Sólo ese continuo curvo de la hoja en la hoja, la mano en la mano, el hojo en el hojo. Sin ho: lo insoluto. Cantó o rió. El escupitajo humeante en el sajo, el tajo en la tela, más decisivo que el cuento del pintor, el sajo sin fin, más allá de la tela, tenaz como un hojo en lo oscuro, sin fin, más allá del pintor, el ojo más allá de la cabeza, el sajo del ojo, la raya del rayo, sajando el rostro de saco, el túnel, el fulgor, el centelleo tenaz, el blanco sin luz, ni blanco ni gris, ni tú ni yo, allí, así, zas, chas, más allá del pincel, en lo negro del aire, sin fin, pintando sin fin, sajando sin fin, lascando sin haz, sin vejez, el dindon, el ojo-dindon rayando tenaz el cristal como una uña de cuervo, dejándolo ciego, ciego ante otros ciegos, como un ojo adherido a otro ojo, una piedra adherida a otra piedra, dime, minoano, qué ves, una cabeza colgada de un palo o un pedazo de saco, el muslo de inés. No es un mural o mapa por donde vamos nosotros, indios no hombres avanzando en fila india por entre un gobelino sin ojos, circunnabulando sin fin un pozo o un remedo de acequia. En la lejanía el buonanotte, el fuego crepitando. Pero, ¿y qué me dice del catalejo, del caballo en uno de los islotes del archipiélago? En lo oscuro del telón un olor a clavo y un sueño irresistible. Entonces era el invierno.

–Dijo –y lo oí claramente– que nunca terminará.

–Es joven: ¿quién no lo ha sido.

Un grupo de enfermos metidos en campaña, puestos en marcha. En ello no había nada infalible y sólo lo infalible estaba en juego. Pájaros felices levitando sobre arbustos de cobre. El agua incesante sobre las cabezas puntos negros dispersados en la sabana sábana. La lluvia perpetua prensada en el cristal. El negro de las cabezas absorbido por el blanco de la noche. Por el silencio extendido como otra noche en la noche. Nunca sabremos (abría?) cómo ha sido hecho esto.

No dijo. Sin argumento. El revoleo de las hojas, sin libro. Qué cómo sin espesor. Sólo bordes sin bordes. El cuento imposible de lo únicamente posible. Única posibilidad, nunca agotada. Vida nunca vivida. O sólo muerte, oh pedro. La gorda interpuesta con su sayón, su retal, su taraceado retazo. Los cubreojos de tela de saco ocultando y revelando. Selva de ojos de saco, hojas sin ojos colgando como somuslos. Un canto lejano y pequeñito, filas de hormigas guerreras, de un salto puestas en marcha bajo la sombra del predador. Tú mismo(a) oh pedro. Yo mismo: a casa. Debajo de la mesa de feria, al socaire. Sin forma de detenerse o avanzar. Otra vida qué vida. De mirar. El ojo recortado en el ojo, como un redondel de cartón. La mano sobre el borde de la baranda, la mano, el borde. El rayado cielo indistinguible del raso. Me hablaba de una duela a otra duela, allí donde era imposible oír. Pues todo era oír en el imposible o-ír. Imposible separar lo oscuro de lo claro. Lo claro como un golpe de agua estaba lleno del cogollito abullonado de lo oscuro. Del mar oscuro como el vino. Inagotable, el ronroneo del motor. Siempre queríamos volver a lo claro, pero siempre avanzábamos en lo oscuro, en el detrás. En el detrás del detrás, como la hormiga por el borde del moebium. Íbamos pero no íbamos, no dejábamos de avanzar con grandes pasos. Lo claro venía como un centelleo, la madera en el azul, la flauta manchada de ocre, el reflejo del cristal. El buonanotte saliendo del fuego y las hojas prensadas como abalorios en la mano presunta. La mano borrada por lo claro que era ya lo oscuro del borde, sin borde. El ojo en pos del ojo, vacío, vacío. Qué ojo qué mano quién cómo. Así –dijo inés– y así. La miré, desde lo alto de un túnel. ¿Qué dijo (dice)? Nada, no se oye nada, me explicó el capitán. Moví la pieza o movía, soñé. La mano buscaba a la mano, navegaba en lo redondo. «Allí». O: «Aquí». Muchos días y muchas noches, m'hijo. Yo quién soy yo, dije decía.

Cambiaron luego el paso. Al turbio abejeo, sonrisas, lentes o cientos de papelitos de colores. O abejeo de abejas en el calor, sol cenizo, obleas de la charca. Hubiera dicho: «prenez vous a ce fil», pero caía la cara de saco, el ojo de saco, el retazo de saco. Se oía el picoteo-mordisqueo, los pasos húmedos sobre la madera.

Dijo que aquello se parecía a un relato. Quería relatar (¿volver?). Pero se quedó sin palabras. Aquello no. Esto tampoco. O: ¿cuándo? Rió. Ya los balaustres reían. Los niños corrieron. Resonaron las poleas. El pie se movía. Sin música. La cara prensada en el cristal.

Yo no. No la oía. Lo oía, me oía. Oía. No saber, no oír. Quién o qué era. Palpó. Deses. Todo continuaba más allá, sin rumor. O un solo rumor. Un solo nocanto, en el canto, borde. Así corrías, como un gran retazo. El golpe del agua. La cara abierta en el cristal. De una letra a otra letra, de un castillo a otro castillo más pequeño. La pared continuaba. También el pozo. El aire. El aire negro. El sobresuelo estirándose más allá de las paredes. El pie desdibujado aún más vivo. El pie pidiendo, cantando, soñador. Soñaba, soñé. La mano sobre el ojo, el silencio en la ausencia del. El ojo allí sin allí. El ho jo sin el hojo. Ojeo de las hojas al recio sajo en el mapa. Chas. Nadie, nada. La mano sigue en la luz. Pero no hay mano. No hay. Si hubiera, dije. Si, dijo.

Cayó la pieza. El caer. Las estacas, también eso era un recuerdo. Un ansia. Así apareciendo el desaparecer. Así incinerado lo escrito, resonando como el alerón en la nieve. La furia de los toboganes. Fiestas disímiles, del ojo a todo lo que continuaba, al vientre sin ojo, al aojado ojal. A la ojiva u ojuela, jaja. Allí sin continuar. Como el cabo o amarra suelto, la mano o el ojo sueltos, manojo, redondel de la rodilla. La cabellera cobriza, el ojo como una lasca hundido allí, el bilabio deglutiendo, dentado sin continuidad. De una pared a otra, de un rayón a otro. ¿Ve lo que le digo? Ojalá lo supiera. Todo sería más fácil. Lo es, pero no hay il-lo. ¿Oye lo que dice? Oigo eso. ¿Agua? Tu mano. La. Cayó. Siguió. Una música. Voces cantando. Cuanto más. Pero olvidamos algo. Escribiremos luego borraremos. ¿Ve usted? ¿Qué ve? Nada.

Le dijo. No le creyó, cómo creerlo. ¡Pero es que no había nada que creer! El cristal azul, y la flauta. La mano bajó y tropezó. Siguió. Qué redondel.

Dibujó una ese. ¿Lacustre? Decididamente esas manzanas no estaban buenas. Las peras sí. Una paliza por aquí, una risita por allá. ¿Oye usted algo? De una pared a otra, un rumor que avanza. O un ronroneo. Volaverunt. Únalo todo si puede. Yo no. Yonó. Jaja. ¿Ríe? ¿Quién ríe? Aquí el quien. ¿Yo? O: ¿yo? Bien. Dibujó otra ese.

¿Oye usted? dijo. Caminitos por aquí. Pies pequeños, como de niño. Oigonoigo. Huellas pardorrojizas. El relumbrón de la hoja. El filo o hilo. Ocúpese de todo y no me mencione para nada. Obleas pardoverduzcas bajo el pilón. El silbido de una flecha. El garabato demoniaco y la doble hilera inesiana de dientes de serrucho. ¡Qué hilo!

Caminó, caminamos. Oyó, oímos. Sin que viniera a cuento dijo que todos estaban muertos antes de empezar. Reí, rió, rieron. Alzó la mano. Dijo el adelantado continúa. Ahí, ve usted, hay una diferencia. Sí cuál.

Lo túneles en el sitio y el gran rostro de cartón piedra a modo de exit y entrance. ¿De qué tienes miedo oh pedro gran cabeza de vaca? Miró hacia arriba y vio el largo cuello de acero. Vio el redondel tornasol. Qué mundo es este. Rió. Si hubiera uno. El agua iba de una pared a otra en sentido horizontal. Así mismo el ojo en pos del ojo, el ojo, el borde. La mano de golomón. Disperso en la ralladura, observó el vientre y la hoja de serrucho. El cielo pardorrojizo y las libélulas de boca violácea, allí, vuelo tornasol, hueco del redondel.

Demasiado tarde dijo como si alguien lo oyera. La mano continuó. El retrazo. Un niño ¿qué cosa es una cabeza? Ojalá pudiera decir dijo aquí termino. Pero no porque no pudiera terminar. Ése era el sueño. Lo oscuro del bosque hecho de hilos de saco. De filamentos finales, hojas de tres dedos, el gorro de cocinero en la cabeza del leñador. El trazo grueso en el pergamino de bordes quemados. La luz lejana en el cielo del ojo. La cabeza pequeñita chamuscada riendo jiji. El homo en tres piezas mirando por la ventana. Luego cayendo sobre la mesa. Crujido de las duelas. Allí, el pie se movía. Pie pequeño de niño. Pie pequeño de niño sobre pie pequeño de niño. Bajo la mesa al socaire inés. Cuánto sufrí y cuánto reí. La cabellera prensada en el cristal. Eso no. El empinado farallón detrás del cual otro bosque aún. La caída incesante, el puente. El verde extendido por el que se deslizaba el ojo. La transparencia de la gema en anillos de tornasol. Quién se movía. Yo no.

Dijo no quiero volver con esos hombres y al fin y al cabo no hay otros. La pluma apostilló, resonó el postigo. Esa frescura riqueza locura: nunca más. Esa risotada estornudo. ¿Por qué dónde? Para no ser (poder ser) imitado(s). Así los maestros cantores encerrados en el torreón. La niña pícara que eras y lo que eres ahora. Qué, qué soy. Las gaviotas revolotearon sobre su cabeza y besó el suelo el raso. Otros nombres, sueños.

Otros hombres pero al fin y al cabo no hay otros. Así apareció el aparecer, pero también el final. Qué final. Lo infinitesimal del fin. El escalofrío o inmento todo arte. En yiddish mejor sí. Corrió por el aledaño. Corrió corrió corrió.

Lo podía todo y era sólo el ojo que corría por la cubierta. Ya veremos en qué para todo. Torció la cabeza qué cabeza. Dijo, soñó.

Cuántas oh cabezas y páginas páginas. Cuántos dedos, lazos, manojos, racimos. Si todo terminara aquí, estaría bien. Si todo terminara un poco más allá, también estaría bien. Era el demonio que no lo dejaba. Qué o cómo. Ya sabe, el escalofrío. Lo salvaje a la vez el refugio. Esa vida qué vida. Círculo, canto. Mordisqueo de la cigarra sin élitro. Mordisqueo-cuchicheo al fondo, siempre al fondo, en la boca de sombra del hormiguero. De una hoja a otra hoja, de un hojo a otro hojo. Oh hojo. Sin tiempo para tener más tiempo dentro de la infinitud del tiempo, de lo redondo. Espesado ahí y suelto. Dijo que cantara, que cantaba. No cantó: dijo. Una gran sonrisa o boca, suelta bajo la luz. Ah, esa perenne nece(si)dad. Ah: eso. Correr. Corrió. No corrió. El diván secreto donde todo cambiaba. Donde no había secreto, sino laja. Quién eres tú dentro del quién era yo. Si yo era alguien, alguien, ese dindon. La-ja: nadie. La cabeza, he aquí doctor. He aquí, mano en el suelo (manita, manojo). He aquí, el ojo suelto, más vivo que nunca. Tú ojo mi ojo. Laja y raja dudosa. Pecho sin forma en la hoja subdividida. Sombra del ojo como una mano. A dónde voy. No vamos a ninguna parte, pedro. Qué pedro o caedro, subdijo enotereo golomón. Roce silencioso de las cabezas. Borde de la cabeza todo borde. Sin canto, sin eje. Sin día, sin noches. Sólo bordes, lajas, sombras. Ojos-cabezas. Rodar silencioso de una duela a otra duela, de un castillo a otro. El vaivén del muslo que va y vuelve. El canto mudo cayendo gota a gota en la laja del día (sombra). El aleteo (el centelleo).

Ni volver, ni ir.
Oh no es nada, dijo.
Lo escuchó (se). Nadie, nada.
Sólo la noche, nada.
Ni ir, ni volver.

Sí el amor esa ilimitada obstinación recíproca. Nada era suficiente. El sueño, la caída del agua. Oír, saber. Sin oír, saber. Movió los dedos qué dedos. O mejor: qué cabeza. Hoy no es mi día, dijo. Claro que no era tu día, le dije, como si hubiera metido los dedos entre las persianas y visto, oído, sabido. Nada, capitán. Sólo la nada. Sólo lo solo. Allí. ¿Allí dónde? ¡Y cómo quiere que lo sepa! Se incorporaba, caía. Después, escribió, antes. El revuelo igual al centelleo o relumbrón en el azul. Escribo sentado acuclillado ladeado y es por eso que escribo así. Aquí, así. Aquí, aquí, remachó, en la ausencia de papeles, señas, mapas. Caminitos, caminitos. La fila india de indios (no hombres). Y el risoto del hombrón abriendo la marcha como lo que era: oh sombra tú. Yo he soñado ya todo esto, dijo que soñó. El no del sobrescrito largo como el muslo de inés, la horcarcajada de inés. India y minoano en extricado croquis. Omulovalvo convulso entre dos labios gordos de hojas. ¿Qué vio u oyó que se lanzó como un chiquillo que salta sobre un charco? ¡Allá voy!

No podemos despertar, pero tampoco soñar. No no soñar. A l t o a h í.

Quiso quería gritar ¡el mal no existe! pero el otro entendió ¡el mar no existe! Sí: el mar no existe. Los insucesos lo rodearon como niños. En resumen la pared caía o era el resumen. Se dijeron adiós por sobre la alambrada de espino. Cada uno comprendió lo que el otro sabía y se vieron ambos en la calle empinada donde pronto comenzaría a llover aunque el sol rebrillaba con furia sobre los alares. El pequeño patio de butacas siempre demasiado estrecho. La tos indistinguible de lo oscuro. Nada claro y todo tan cegadoramente obvio, infantil. El ojo o cogollito, el dindon y vaivén. Oh pedro gran cabeza de vaca. Pasos sonoros llevándose los pasos. Cabeza que se levanta o encabrita. Cabeza llena de sonrisa o espasmo. Cabeza hueca dando en cabeza hueca. De pronto cientos de cabezas cabeceando sin sueño o en el sueño más espeso. Cabeceando sin fin contra el blanco lechoso de la pantalla sin forma. ¿Hacia dónde, capitán? Cabezas enrolladas en el espesor redondo del tiempo, de la cabeza-mano que borraba el tiempo, anteponía lo redondo, antepecho, alféizar, mano, manojo.

Despierta golomón. El sol amarillo único marinero. Único único en la cubierta desierta. ¿Qué luces qué pasos? Qué quién cuándo cómo. Ni tú ni yo. La mano coge a la mano, el sueño al sueño. ¿De qué habla? Golpe sonoro de la ficha. Milagro de la mano sin mano, martillo sin maestro. La cabeza tuntuntún rodando en pos del ojo. De las hojas del ojo, diseminado en tabla y sobresuela.

Clap clap clap de los muñecos, restallido del escupitajo lanzado lejos, rápido, blanquecino norredondo, sajo en la hoja, en el muslo gordo de inés. La cabeza del minoano llena de baba. El banquete y muerte de las hormigas. El escozor verde y la uña que sobresale como un único pelo en lo alto de la cabeza. Por aquí no era, por allá tampoco. Nada y dónde. Sin buscar ni viajar. Dije que aquí no encontraríamos nada. Y yo dije que esto no era (que no era sino) un sueño. Que esto –dijo perplejo– y esto. Mano en la mano, sajo en la nuca. Manita en el suelo. ¡Saca la mano de ahí! El ojo que se alzaba contra el sol y el sol que se alzaba contra el ojo. Ojo contra ojo, dijo inés. ¿A quién buscaba en lo alto de la colina? Todos buscábamos algo. Todos y nada. Brillo en la hoja, en las hojas del agua. Aceite, golpe de la hoja. ¿Dónde están? Quiénes o qué mirando entre lo oscuro no como un niño, presos del dindon de la noche, del desierto dejado por las cabezas. Los pesados bultos iban rodando de una montaña a otra, de un castillo a otro. ¿Quién eres tú? La sombra gigantesca de un gato se interpuso. Un sonido como de tobogán. El mar dio en la claraboya como una mano (palma de la mano). Golpe del ojo, del agua. Una nota, otra nota. Otra, otra, otra. Un salto, otro salto. Saltó –dijo– salté.

¿Quién saltó?

Ese quién otro dindon. El que se incorporaba y caía. Caía, se incorporaba. Así durante días, noches. (Muchos días y muchas noches, m'hijo.) Se incorporaba, caía. Pero sin poder regresar. Siempre –dijo el indio alzando la mano– en un movimiento único. Así: chas.

Porque, aunque supieras algo, no sabrías nada.

¡Pero qué nada! –dijo mirando por el catalejo.

Sonrió. Ello pues. Ajeno solidario, como el fuego. Aún este aún, más que risueño. No hay nada y de pronto hay algo. Y el: qué cabeza la mía. Vaivén de la cabeza-hoja en pos del sueño, del agua. Del bosque que cae sin sucesión, oscuro, espeso. Ese peso del agua en la nuca, ese paso sin huella que hunde la cabeza en lo espeso, oscuro. El mar sin sueño lleno de rieles.

Quería seguir pero se dio (daba, daban) cuenta de que no podía(n). Eran los viejos o el viejo único tema de la ausencia de tema objeto fin. Así es, capitán, dijo el minoano mirando por el catalejo. A lo lejos (¡tan cerca, sin embargo!) cien enanos dibujaban un caballo. Cien caballos… ¿dónde he dejado los mapas? Ningún mapa y sobre todo ninguna mesa. Ningún principio eso es. Ningún comienzo. Así apareció el darse cuenta de que no había principio o fin. Un mundo relato sueño que nunca existió. Atambores sonando toda la noche en el legatio negatio de las mil noches y una. Pero: ninguna, oh. Rama en la rama, mano que repta en la oxidada polea. Vio los nombres, los signos nunca una vez negros. Vimos la máscara o mascarón colgando como una cabecita chamuscada allende el borde engordado de la hoja. ¿Qué cosa es una cabeza? Golpe de agua contra el cristal de la claraboya. Golpe y vaivén de la claraboya-cabeza. Cabeza contra cabeza. El sendero descaminado se lleva traga las voces, los roces de faldas, el escorzo del hombre que sobre/sale en el gobelino de la selva. Este sueño no era otro ni la pared la misma (otra). Tan imposible era olvidar como continuar. De una pared a otra, de un cordón de zapatos a otro. Miró el horizonte y dijo: No me gusta nada. ¿Qué vio o qué oyó? La mano se alargaba para recobrar el sueño, relato. Mano manojo disuelta. Ojo en dispersión. Todos los ojos volando en la falda suelta de la loca quién sino inés aojando en el hojarado cenceño del monte colina collado. Algo así como: helado está el río, el ciego ve ya, a pedro robaron, inés se ahorcoó.

Lo que extrañaba, solo entre amagos de símbolos, era un facistol. Lo había habido (tenido), azul como la mañana. El brillo empañado de la madera y el brillo empañado del cristal. El solideo y dado rodando de un sendero a otro en lo oscuro. Es obvio, dijo, que el que habla no sabe lo que dice.

Nunca lo supo.

Porque necesitaba hablar y ya que allí dónde se podía hablar (libremente) (sin resultado). Miraron por encima de los parapetos. De los almenares encendidos. Dejaron de mirar. Ahí abajo, dijo. Esas figuritas moviéndose. Acercándose alejándose. ¿Era esto por fin el laberinto? Querían oh cabezas volver al gesto. Y tú, pedro, ¿también querías? Pero: quién dijo eso. Resonó el atabal.

Yo he construido este fanal, este puente. Yo he vivido aquí, yo he recorrido este sendero.

Quién. Quién.

El dindon perenne de la noche.

El fuego crepitaba sin origen rodeando el buonanotte.

Aves alas pegadas en el cristal de la claraboya, ahora todo cristal que liberaba obturaba el ojo. Ah: recordar, hablar. En qué ojo, en qué mapa. Revoloteo de las hojas, de las hojas de los ojos. Revolotear sin fin de esto y aquello: cuentos sueños sellos señales sin destino. O sólo destino, ruido de pasos, de pies de niños pisoteando otros pies de niños.

Acuclillado el minoano el indio los enanos con sus penachos de colores. No era una imagen y no sucedía a lo lejos. (De hecho, no sucedía en modo alguno.)

No qué sensación sino en qué momento.

Eso era y no: el momento

Sin poder volver, como una mano que se alejaba de otra mano. Lo oscuro o demasiado claro en que abrían la boca como peces. La isla fugitiva de la noche, como una hoja que se vuelve. El silencio que avanza, borrando la boca que decía. Y la ola que se alza: ¡Ya lo decía yo! Esto, capitán, dijo, envuelto en las muchas capas de su sueño, y solo desde siempre. El qué? La mano ágil trasiega en la cuerda y pone a punto el mecanismo. Golomón corre sobre los adoquines con grandes zancadas de niño. Un charco, otro charco, otro charco, otro charco. Suena un violín en una ventana alta y el rebrillo del cristal se confunde con el brillo de aceite de la lámpara. Sabía que no había regreso, y por eso su mano bailaba sobre el cuadrante o era la incierta luz de mayo o junio que bailaba.

Ja ja –reía félix krull desde lo profundo del megatrón con grandes carcajadas de niño– bailaban bailaban.

Así íbamos (iban) en fila india de indios pero sin movimiento, siguiendo el resplandor oscuro como ojos ramas sueños sellos colgados de las cenizas de los almenares.

El final hubiera sido un alivio pero ese alivio no sería nuestro ya que una vez puestos en marcha pero cuándo cuánd

o resultaba imposible detenerse ja j aja ya que

luego ese rire effroyable cómo sonaba aquí eh eme, dijo orfeo

orfeo soy yo, dijo orfeo haciendo ademán de recoger unos papeles. Y dado que el maestro dormía desde hacía unos minutos, sin pérdida de tiempo nos pusimos a la obra. Oímos o creímos oír unos pasos arriba, pero eso no nos detuvo. Ni la noche ni, para decirlo todo, el pasamanos. Oh: cómo reímos. Y cómo reirás tú cuando te lo cuente. El effroyable rire era sin pausa o doblez un sinsonido o frufrú de las palabras. El rítmico clic de la espera del sonido. Sé que usted no entiende lo que digo pero créame: yo tampoco. Porque no se trata de entender, ya se lo dije. Lo imposible no es una sola cosa sino muchas. Basta tirar de una punta del ovillo para que haga su aparición una apariencia de comienzo. Y luego (o antes) el pie bascula. Hay ahí un hueco grandísimo. Terrible, terrible. Preguntárselo a golomón, o al imposible oh pedro gran cabeza de vaca. La cabeza borradora de la escritura, cien veces chamuscada, hace de todo inmienzo un signo de destrucción próxima; de todo mundo, comenzado o por comenzar, el compás de espera de una catástrofe definitiva, siempre a punto de producirse y nunca llegada. Cada vez a la espera de una catástrofe mayor que figure la invisible, la inevitable, la imposible ya siempre presente y, como digo, nunca llegada

vasto laberinto de voces faldas pasos gritos apagados chirridos de poleas roces de vestidos mediados besos y pasos pasos pasos pasos

alcánzame el largavista dijo

(Villa Waldberta, junio de 2003 - Sabadell, agosto de 2005)

Lightning Source UK Ltd.
Milton Keynes UK
UKOW01f1426210716

278932UK00002B/88/P